Susanne Mischke und Bodo Dringenberg (Hg.)

EIN BIER, EIN WEIN, EIN MORD

7 hannoversche Kneipenkrimis

Susanne Mischke
und Bodo Dringenberg
(Hg.)

EIN BIER, EIN WEIN, EIN MORD

7 hannoversche Kneipenkrimis

zuKlampen!

Umschlaggestaltung: Stefan Hilden, www.hildendesign.de
Bildmotiv: © HildenDesign
Satz: thielenVERLAGSBUERO, Hannover
Druck: Bookfactory - Der Verlagspartner GmbH, Bad Münder
Papier: Munken Print Cream 15

ISBN 978-3-86674-178-2

Bibliografische Information der Deutschen Nationalbibliothek
Die Deutsche Nationalbibliothek verzeichnet diese Publikation in der Deutschen Nationalbibliografie; detaillierte bibliografische Daten sind im Internet über ‹http://dnb.d-nb.de› abrufbar.

Inhalt

Ein Bier, ein Wein, ein Mord!

»Lache, saufe, liebe, trabe,
Notabene bis zum Grabe«
Carl Michael Bellmann

Auf hannoversche Lokale haben sich literarisch bisher nur wenige Schriftsteller konzentriert. So etwa der Arzt und Dichter Gottfried Benn, der 1937 sein Prosastück »Weinhaus Wolf« (einstmals in der Innenstadt) mit einer fast kriminellen Bemerkung über Hannover einleitete: »Schlechtes Klima, keine Landschaft, flach alles, riesig öde.« Und wenn er seinen Text mehrdeutig schließt: »Schweige und gehe dahin«, so ist das zwar schwerblütig ins Jenseits gerichtet, aber noch lange kein Krimi. Adam Seide schrieb 1979 in seinem »ABC der Lähmungen« subjektiv-präzise Porträts der Stammgäste. Nur, »[d]aß sich hier etwas ereigne, kann man nun wirklich nicht sagen«, heißt es nüchtern in einem Zwischentext Seides. Weiter kann man kaum von einem Krimi entfernt sein.

»Schnaps, das war sein letztes Wort« ginge übrigens

nicht nur wegen des Titels am Thema von »Ein Bier, ein Wein, ein Mord« vorbei – die letalen Folgen des Alkohols interessieren hier nicht. Außerdem kann auch der schwer angesagte Latte Macchiato Gäste ins Jenseits befördern, wie in einer der Storys bewiesen wird. Und entgegen sehr dröger Meinungen ist die Kneipe kein Ort zur Förderung der Trunksucht. Das berüchtigte »Vorglühen« und »Komasaufen« junger Menschen wird gewöhnlich außerhalb von Gaststätten zelebriert, und Einsamkeit, kneipenarme Gebiete und mittelständische Wohnsiedlungen sind bessere Nährböden für exzessiven, verzweifelten und ruinösen Alkoholmissbrauch.

Kneipen, oder feiner: Gaststätten, sind zunächst einmal sehr lebendige Institutionen, in denen öffentlich getrunken und kommuniziert wird. Früher brachte man mit dem Lied »Der schönste Platz ist immer an der Theke« ein fast rein männliches Biotop auf den Punkt. In den von uns ausgewählten Lokalen wird dagegen geschlechtlich wie sozial gemischt getrunken, geplaudert und mitunter kriminell gehandelt. Bars, Kneipen, Gasthäuser und Restaurants waren ja immer schon Orte krimineller Vorgänge, sowohl in der Realität als auch in der Belletristik. Bereits der mittelalterliche Ratskeller – die Stadt Hannover hatte das Privileg des Weinhandels inne – war Schauplatz alkoholbefeuerter Aufzeichnungen, Gespräche und Schandtaten gewesen.

Sieben ausgewählte Lokale Hannovers als Schauplatz oder Hintergrund verbrecherischer Handlungen zu versammeln, das allerdings ist ein Novum. Da unser Krimi-Stammtisch sieben Schreibende stark ist, lag die Anzahl der zu kriminalisierenden Lokale so nahe wie uns die Bierdeckel. Den Verfassern von »Ein Bier, ein Wein, ein Mord« kamen neben wiederholten genussvollen Recherchen besonders zwei Umstände entgegen: Zum einen bewirkt öffentlicher Alkoholgenuss, dass man sich sogar in Gesellschaft von Schriftstellern wohl fühlen kann. Zum anderen erleichtert Trinken in Kneipen den Kontakt mit Leuten, die noch nie ein Buch gelesen haben.

So verschieden in »Ein Bier, ein Wein, ein Mord« die Tatorte sind, so unterschiedlich gestalten die Autorinnen und Autoren auch ihre »Fälle«:

Egbert Osterwald lässt einen vom Leben gebeutelten Ricklinger monologisieren, dem ein Lokal samt Pizza gewissermaßen das *Salz & Pfeffer* seines kleinen Glücks ist. Rache dagegen schmeckt ja eher süß …

Im *Teestübchen* in Hannovers Altstadt kann man durchaus »einen im Tee haben«, werden doch dort außer heißen Blätterwässern auch gehaltvolle Kaltgetränke goutiert. Darüber hinaus fungiert das *Teestübchen* für Cornelia Kuhnert als Knotenpunkt verschiedener Erzählungen von einem realen Fall, den sie aus mehreren Sichtweisen entfaltet.

In der Südstadtkneipe *Kalabusch* lässt Christian Oehlschläger zwei Handlungsstränge aufeinanderprallen und dadurch einen trügerischen Glücksmoment aufleuchten. Nebenbei beweist der Autor, dass es in Hannover auch ohne notorische Blondine einen wirklich spannenden Tatort geben kann.

Lindens *Fiasko* ist ein geschichts- und geschichtenträchtiger Ort seit der Zeit, als dort ein freundliches Kneipenkollektiv ein alternatives und linksradikales Publikum bewirtete. Besitzer und Publikum sind heute andere, geblieben ist die Freundlichkeit, neu hinzu gekommen die schmackhafte türkische Küche. Wie Kriminalität aus finanzieller wie psychischer Not geboren wird, entwickelt Karola Hagemann aus einer atmosphärisch dichten Täterperspektive.

Eingefleischte Gäste von *Plümecke* versus *Kaiser* streiten seit Jahren darum, in welchem der beiden Lokale die beste Currywurst zubereitet wird. Mit welchen tödlichen Schicksalen diese beiden Gastwirtschaften in Berührung gekommen sind, entwickeln zwei unserer Autoren. Für das Lokal in der Oststadt-List eröffnet Richard Birkefeld die geschichtliche Dimension des Stammpublikums im *Plümecke*, das auch von politischen Brüchen und anderen schwerwiegenden Ereignissen unbeirrt bleibt.

Eine nur scheinbar klar motivierte Tat im akademischen Plagiatoren-Milieu, in und bei der Nordstädter

Gaststätte *Kaiser*, lässt Bodo Dringenberg in einer Tresensituation gesprächsweise zu Tage kommen.

So etwas Frugales wie die oben erwähnte Currywurst würde die Bar *Oscar's* natürlich nicht anbieten, zumal die Zeitschrift Playboy sie auf Platz zwei eines bundesdeutschen Bar-Tests gesetzt hat. Unpassendes kann an einem solchen Ort die entspannte Stimmung ruinieren. Susanne Mischkes Protagonist nutzt günstige Umstände, sich solcher Störungen im *Oscar's* gründlich zu entledigen.

Apropos – falls Sie, liebe Leserin, lieber Leser, in einer dieser sieben Kneipen Gast oder Wirt sind und weitere Hinter- und Abgründe erfahren möchten, so laden Sie uns einfach auf ein Bier oder einen Wein ein. Das Weitere wird sich finden …

Die Herausgeber

Christian Oehlschläger

Gaststätte: Kalabusch (Südstadt)

Tatort Kalabusch

Nur mit Mühe drang der Schein der Straßenlaternen bis hinab auf den Asphalt. Dichter, eklig nasskalter Novembernebel hatte sich zwischen den Häuserzeilen und Alleen der Südstadt breit gemacht. Den ganzen Tag über hatte es wie aus Kübeln gegossen. Die Sallstraße lag verlassen. Fahrbahn, Bürgersteig und parkende Autos waren tropfnass, die Linden, Kastanien und Gleditschien kahl, ihre Blätter längst zu Brei gefahren.

Es war Sonntagabend. Ideales *Tatort*-Wetter.

Die Kirchturmuhr der Nazarethkirche schlug achtmal. Hannes musste sich sputen, wenn er noch einen guten Platz im Kalabusch ergattern wollte. Die letzten beiden Male war er auch schon zu spät gekommen und hatte mit einem Platz auf der Treppe vorlieb nehmen müssen.

Hannes begann zu laufen. Nicht nur, weil er spät dran war, sondern auch, weil er fror. Er trug lediglich eine Jeansjacke. Als ewiger Student konnte er sich eine warme Winterjacke nicht leisten; sie stand jedoch ganz oben auf seiner Wunschliste.

Mit dem Beginn des Wetterberichts der Tagesschau betrat er die Gaststube. Die Vorhersage für die nächsten Tage verhieß nichts Gutes.

Das Kalabusch war gut besucht. Wie immer, wenn *Tatort* im Fernsehen lief. Das gemeinsame sonntägliche Krimigucken und das Gewinnspiel, bei dem es galt, den Mörder zu raten, zogen viele Amateurermittler an.

Hannes hatte Glück. Er fand einen freien Stuhl mit guter Sicht auf die große Leinwand vor dem Fenster. Direkt neben dem Klavier mit dem Hannover 96 Banner darüber. Die anderen waren schon da: Hermann, Jörg, Dagmar, Olaf und wie sie alle hießen. Er kannte sie nicht persönlich, sondern nur aus dem Internet. Die Gewinner des Ratespiels wurden auf der Homepage des Kalabuschs veröffentlicht. Nur die Vornamen, versteht sich. Aus Datenschutzgründen.

»Wie immer?«, übertönte die Bedienung die Erkennungsmelodie des Krimiklassikers.

Hannes nickte: »Hefeweizen, ja.«

Ein *Tatort* aus Münster war mal wieder an der Reihe. Mit Axel Prahl und Jan Josef Liefers. Es war Hannes' Lieblings-*Tatort*. Nicht nur ihm gefielen die verbalen Scharmützel zwischen dem Forensik-Professor Karl-Friedrich Boerne und seiner kleinwüchsigen Assistentin Silke Haller, alias Alberich. Wenn sich die beiden anpflaumten, wurde im Kalabusch gegrölt, geklatscht und getrommelt, dass sich die Tische bogen.

Beim Auffinden der Ermordeten – es handelte sich um eine übel zugerichtete Leiche einer Prostituierten in einem Sexmobil am Waldesrand – nahm Hannes einen kräftigen Schluck aus seinem Bierglas.

Das Knattern des Geländemotorrads, das in rasanter Fahrt am Kalabusch in die Stolzestraße einbog, hörten weder er noch die anderen Kneipenbesucher.

*

Sie warteten im Schatten einer herbstkahlen Kastanie. Bei laufendem Motor und mit heruntergeklappten Visieren. Das Nummernschild des Motorrads war derart verschmutzt, dass es nicht zu entziffern war. Auch der Dreck an den Stollenreifen, den Schutzblechen und dem Motorblock deutete darauf hin, dass die Maschine kürzlich im Gelände unterwegs gewesen war. Die Person am Lenker hatte mindestens eine Größe von 1,90 Metern und breite Schultern, der Sozius dagegen war deutlich kleiner und von schlanker, graziler Statur.

Die Aral-Tankstelle Ecke Marienstraße/Am Südbahnhof hatte einen einzigen Kunden. Einen Mercedes SL-Fahrer, der trotz der lausigen Kälte nur mit einem T-Shirt bekleidet war. Der Mann ließ sich Zeit beim Tanken, überprüfte noch den Luftdruck seiner Reifen, kontrollierte den Ölstand und das Wasser für die Scheibenwaschanlage. Nachdem er endlich fertig und der Wagen Richtung Pferdeturmkreuzung davongebraust war, setzte sich das Motorrad langsam in Bewegung.

Die Enduro-Motocross-Maschine stoppte direkt vor der Tankstellentür. Ohne den Motor auszuschalten und ohne den Seitenständer herunterzuklappen, ließ der Fahrer seinen Sozius absteigen. Nachdem dieser den Lenker und somit die Balance für das Zweirad übernommen hatte, stieg auch der Fahrer ab.

Er schaute noch einmal in die Runde. Sie waren die einzigen Kunden, der Verkehr auf der Marienstraße war spärlich. Sie nickten sich zu.

Den Sicherheitshinweis an der Tür – ›Bitte nehmen Sie den Helm ab, wenn Sie den Shop betreten‹ – ignorierend, marschierte der Fahrer zügig in den Verkaufsraum. Nicht nur den Helm behielt er auf dem Kopf, sondern auch das Visier heruntergeklappt. Im Gehen zückte er eine Pistole und trat an die Kasse.

»Geld her!«, rief eine männliche Stimme, die durch den Helm dumpf klang. »Aber dalli, sonst …« Er fuchtelte mit der Pistole und warf der Kassiererin einen Rucksack zu. »Da rein!«, befahl er. »Schnell, schnell!«

»Okay, okay«, erwiderte die Tankstellenangestellte, eine Mittvierzigerin mit gepiercter Unterlippe. Instinktiv hatte sie beide Arme gehoben, die sie langsam wieder senkte. »Immer mit der Ruhe.«

Es war ihr dritter Überfall in zwei Jahren, sie wusste, was zu tun war. Während sie begann, die Geldscheine aus der Kasse in den Rucksack zu stopfen, betätigte sie nebenbei heimlich den Notrufknopf.

»Nun beeilen Sie sich schon«, rief der Gangster. »Hopp, hopp!« Nervös tippelte er von einem Bein aufs andere. Die Kassiererin ließ sich jedoch nicht aus der Ruhe bringen. Stoisch fuhr sie fort, die Einnahmen der letzten zwei Stunden im Rucksack unterzubringen.

*

Im Kalabusch herrschte eine gewisse Spannung. Das lag nicht allein am Münsteraner *Tatort*, der mal wieder außergewöhnlich kurzweilig und witzig war. Es galt, den Täter der Prostituierten zu tippen. Das musste bis 21:00 Uhr erledigt sein. Nur so konnte man am Gewinnspiel teilnehmen und seine Chance auf einen 10%igen Rabatt des abendlichen Verzehrs wahren. Außerdem konnte man Punkte für die Saison-Rangliste ergattern, die regelmäßig im Internet veröffentlicht wurde und einen zusätzlichen Preis versprach.

Hannes hatte schon öfter richtig getippt und war in der letzten Saison auf Platz drei der Gesamtwertung gelandet. In diesem Jahr lag er bereits auf Platz zwei.

Wenn er so weiter machte, war er ein heißer Anwärter auf das Siegerpodest und das als Preis ausgedungene Krimi-Buch-Paket.

Die Zettel für das Mörderraten-Gewinnspiel waren von der Bedienung längst verteilt worden. Doch Hannes hatte bisher lediglich seinen Namen und die Mail-Adresse notiert. Es war 20:58 Uhr. Zwei Minuten Zeit hatte er noch. Seine Taktik war es, stets bis wenige Sekunden vor Ablauf der Frist zu warten, um dann erst den vermeintlichen Täter zu notieren. Oft hatte sich genau in diesen wenigen Sekunden ein neuer Wissensstand ergeben, der ihm das Raten leichter machte.

Auf der Leinwand schlich gerade der Zuhälter der ermordeten Prostituierten durch einen mondbeschienenen Eichenwald. Er wurde von einem Mann mit Fernglas beobachtet, der am Fuße einer Hochsitzleiter stand. Der heimliche Beobachter trug einen Forsthut, eine langen Lodenmantel und eine Büchse über der Schulter. Zu seinen Füßen kauerte ein kurzläufiger Schweißhund.

Hannes entschied sich für den Jagdaufseher.

*

Ein Streifenwagen mit eingeschaltetem Martinshorn und Blaulicht näherte sich auf der Marienstraße aus Richtung Pferdeturm.

»Die Bullen!«, kam es unter dem Helm hervor. Eine tiefe, jedoch unverkennbar weibliche Stimme versuchte das Tuckern des im Leerlauf laufenden Motorrads zu übertönen. Im Inneren der Tankstelle tat sich nichts. Hektisch betätigte die Sozia die Hupe am Lenker.

Ihr Kumpan fuhr herum, er hatte verstanden. Mit einem raschen Griff über den Tresen riss er der Kassiererin den Rucksack aus der Hand und spurtete nach draußen. Dort übernahm sie den Rucksack und überließ ihm im Gegenzug den Lenker. In Windeseile – jeder Handgriff wirkte wie einstudiert – bestiegen sie nacheinander die Maschine und rasten los. Zurück in Richtung Stolzestraße

Ohne auf den Gegenverkehr zu achten, nahm in diesem Moment der Streifenwagen mit quietschenden Reifen die Tankstelleneinfahrt. Das davonbrausende Motorrad zunächst ignorierend, stoppten die Polizisten unmittelbar vor der Schiebetür, die sich gerade öffnete. Die Kassiererin trat heraus und fuchtelte wild mit den Armen.

Der Streifenwagen nahm erst die Verfolgung auf, nachdem sich die beiden Polizisten überzeugt hatten, dass die Kassiererin keiner Ersten Hilfe bedurfte und wohlauf war. Dadurch gewannen die Flüchtenden wertvolle Sekunden. Ihr Vorsprung war mehr als komfortabel.

Nichtsdestotrotz rasten sie mit höllischer Geschwindigkeit durch die enge Häuserschlucht der Stolzestraße in Richtung Südstadt. Die Frau auf dem Rücksitz schaute sich mehrmals um, konnte jedoch keinen Streifenwagen entdecken. Beruhigend klopfte sie ihrem Vordermann auf die Schulter.

Kurz bevor sie am Kalabusch in die Sallstraße einbogen, passierte es. Eine Katze huschte von links nach rechts über die Fahrbahn. Waren es nun der Schreck, die nasse Fahrbahn oder rutschiges Laub – vielleicht auch alles zusammen – jedenfalls kamen sie durch das plötzliche Bremsmanöver heftig ins Rutschen. Der Fahrer verlor die Kontrolle über sein Motorrad. Trotz deutlich reduzierter Geschwindigkeit kippte die Maschine zur Seite und schlidderte unter ein parkendes Auto.

Zum Glück für das Räuberpaar verlief der Sturz glimpflich. Sie waren sofort wieder auf den Beinen und kümmerten sich um das Motorrad. Die Maschine lief zwar noch, hatte sich jedoch unter der Auspuffanlage des parkenden Autos verkeilt. Trotz größter Anstrengung bekamen sie das Motorrad nicht hervorgezogen.

»Verdammte Scheißkarre!«, fluchte der Mann und trat nach dem Hinterrad.

»Lass es!« Die Frau keuchte. »Wir müssen zu Fuß weiter.«

Im Hintergrund war ein Martinshorn zu hören, dessen Lautstärke rasch zunahm.

Sie ließen vom Motorrad ab und hetzten über die

Straße. Geduckt, hinter den parkenden Autos Schutz suchend, liefen sie weiter. In dem Moment, als sie den Nebeneingang vom Kalabusch passierten – den durch den Garten –, kam der Streifenwagen um die Ecke gebogen.

*

Beim *Tatort* hatte es soeben eine zweite Leiche gegeben. Der Zuhälter war von einer Motorsäge zerstückelt worden. Einige Zuschauer stöhnten auf. Hannes vermutete, dass es jene waren, die auf den Getöteten als Mörder gesetzt hatten. Die waren jetzt außen vor. Er lehnte sich zufrieden zurück und bestellte ein weiteres Weizen. Er war noch im Rennen.

Der Krach auf der Straße direkt vor dem Kalabusch kümmerte niemanden. Als Innenstadtbewohner war man den Lärm von Martinshorn und Feuerwehrsirenen gewohnt.

Dem Pärchen, das gerade die Wirtsstube durch den Seiteneingang betrat, schenkte ebenfalls kaum jemand Beachtung. Hannes war einer der wenigen, der sie bemerkte. Sie waren jung, vielleicht zwanzig, zweiundzwanzig, trugen schwarze Motorradkleidung und ihre Integralhelme unterm Arm. Die Frau hielt zudem einen Rucksack mit der rechten Hand fest umklammert. An einem lausig kalten Novemberabend sind Biker schon ungewöhnlich, befand Hannes, der ein Faible für Motorräder hatte.

Der Mann setzte sich neben ihn auf einen freien Stuhl, während die Frau Richtung Toilette verschwand. Den Helm schob sein neuer Nachbar unter den Stuhl; danach zog er seine Lederjacke aus. Immer wieder wandte er den Kopf zur Tür. So, als ob er noch jemanden erwartete.

Während er weiter dem *Tatort* zuschaute, registrierte Hannes aus den Augenwinkeln, dass an der Stirn des Motorradfahrers schweißnasse Haarsträhnen klebten. Auffallend war auch, dass die Lederhose des Mannes am rechten Oberschenkel und an der Wade frische Dreckspuren aufwies.

Professor Karl-Friedrich Boerne machte seiner kleinwüchsigen, aber nicht auf den Mund gefallenen Assistentin Alberich gerade wieder einmal grundlos Vorhaltungen – das Publikum im Kalabusch lauschte andächtig –, als zwei Polizisten in Uniform die Gaststätte betraten. Der eine hielt eine Stabtaschenlampe in der Hand, der andere ein knatterndes Funkgerät.

»Ihr seid im falschen Film«, rief ihnen jemand zu. Gelächter war die Folge, einer buhte, »Pssst!«, raunte ein anderer. Der Wirt trat zu den beiden Ordnungshütern und erkundigte sich nach dem Grund ihres Auftauchens.

Derweil war Hannes aufgefallen, dass sich alle Welt nach den Polizisten umgedreht hatte – bis auf eine Ausnahme: sein neuer Nachbar. Dieser starrte wie hypnotisiert auf die TV-Leinwand vor sich und rührte sich nicht.

»Hey, Sie da!«, rief da einer der Polizisten.

Im gleichen Moment bekam Hannes einen Schlag gegen die Schulter und flog vom Stuhl. Der Motorradfahrer war unvermittelt aufgesprungen, hatte ihn und einen weiteren Gast gerammt und war auch schon zur Tür hinaus.

Die beiden Polizisten stürmten hinterher, die Gäste im Kalabusch johlten.

»Na, alles okay?«, fragte der Wirt, nachdem Hannes sich wieder aufgerappelt und auf seinem Stuhl niedergelassen hatte.

»Ja, ja!« Hannes winkte ab. »Ist nichts weiter. – Um was ging's denn?«

»Tankstellenüberfall«, flüsterte der Wirt. »In der Marienstraße …«

»Pssst!«, zischte jemand. Der *Tatort* ging in seine finale Phase.

*

Da entdeckte Hannes die Frau. Die Motorradjacke hatte sie abgelegt, auch den Rucksack trug sie nicht mehr bei sich. Ihre zuvor mit einem Schlauchtuch gebändigten rotblonden Haare trug sie nun offen. Sie hatte herrliche Locken. Mit sorgenvoller Miene schaute sie sich in der Gaststätte um.

Hannes' Herzschlag beschleunigte sich. Nicht wegen der ausnehmend hübschen und feinen Gesichtszüge der jungen Frau. Ihn interessierte vielmehr, wo der Rucksack geblieben war. Und was darin wohl stecken mochte.

Hauptkommissar Frank Thiel begann gerade mit seinem Schlussplädoyer, als sich Hannes erhob, dabei den Unmut seiner Hinterleute hervorrief und – wie von einer fremden Macht getrieben – die Treppe hinauf in Richtung Toiletten verschwand.

Wegen des Finales des *Tatorts* waren die Klos verwaist. Ohne lange zu fackeln, betrat Hannes die Damentoilette und begann mit der Suche. Das Versteck für Motorradjacke und Rucksack hatte er schnell ausgemacht. Unter dem Waschtisch befand sich ein Hohlraum, der schwer einzusehen war. Hier lag das Gesuchte. Sekunden später wühlten seine Hände in Geldscheinen. Ein irrsinniges Glücksgefühl machte sich in ihm breit.

Plötzlich stand die Frau mit der roten Lockenmähne hinter ihm. Er hatte die Tür gar nicht gehört.

»Gib her!«, sagte sie mit fester Stimme. Ihre Augen funkelten böse. »Das gehört mir.«

Hannes lachte auf. Sie war gut einen Kopf kleiner als

er und recht zierlich. »Jetzt nicht mehr«, zischte er. »Sei froh, wenn ich dich nicht verpfeife.«

Kurzerhand schob sie ihr Sweatshirt hoch und zog eine Pistole aus dem Hosenbund. Die Mündung hielt sie Hannes vor die Brust.

»Du mieser Scheißer!«, fauchte sie. »Gib her! Sofort.«

»Okay ... okay«, stammelte er. »Machen ... machen wir doch halbe/halbe.«

»Her damit!« Sie machte einen Schritt nach vorn und entriss ihm den Rucksack. Automatisch nahm er die Hände hoch.

»Is' ja schon gut ...«, jammerte er.

»Die Hose runter!« Sie fuchtelte bedrohlich mit der Pistole.

»Die Hose?«

»Ja, die Hose. Los schnell!«

Hannes öffnete Gürtelschnalle und Hosenbund seiner Jeans. »Wozu das Ganze?«

»Runter damit!« Sichtlich nervös drehte sie sich zur Tür um. »Nun mach schon.«

Widerwillig schob Hannes seine Hose bis auf die Knöchel. »Ach so, verstehe«, ließ er verlauten. »Du hast Schiss, dass ich dir folge.«

»Schnauze! Die Unterhose auch!«

»Was ...? Nein ...!«

»Doch!« Sie senkte die Pistole in Richtung seiner Genitalien.

Voller Panik riss Hannes seine Boxershorts in die Kniekehle. Er schämte sich mächtig und wurde sogar ein wenig rot. Im Gesicht, versteht sich.

»Das war noch nicht alles.« Mit dem Lauf der Pistole deutete sie auf das Toilettenpapier neben ihm an der Wand. »Und jetzt stopf dir Papier in den Mund. Los, schnell!«

»Och, nee ...!«

Die Mündung der Pistole deutete auf seine schweißnasse Stirn. »Keine Widerrede!«

Sein Widerstand war gebrochen. Gehorsam riss er ein paar Papierblätter von der Rolle und stopfte sie eins nach dem anderen in seinen Mund.

»Mehr!«, forderte sie. »Viel mehr. Und dreh dich um!«

Hannes gehorchte erneut. Nachdem er sich der Fliesenwand zugewandt und noch weitere Blatt Papier zwischen die Lippen geschoben hatte, spürte er plötzlich einen Luftzug im Nacken. Aus der Gaststube schwappte Lärm in die Damentoilette, Lärm und Musik, die das Ende des *Tatorts* verkündeten.

Vorsichtig wandte er den Kopf. Die Frau war verschwunden. Dafür stand der Wirt in der Tür. Dessen Gesichtsausdruck sprach Bände.

*

»Mensch Hannes!«, rief der Wirt. »Was ist denn hier los?«

Hannes zog hastig seine Boxershorts hoch und fummelte sich das Toilettenpapier aus dem Mund. Dabei fing er an zu husten.

»Ich ... ich wollte ...«, prustete er, während er die Reste vom Papier ausspuckte. »Da ... da war ...« Es lag nicht allein an den klebrigen Zelluloseresten in seinem Mund, dass er keinen vernünftigen Satz herausbekam. Er wusste einfach nicht, was er sagen sollte.

»Komm endlich aus dem Damenklo«, schimpfte der Wirt. Im Laufe der Jahre hatte er schon so manche Kuriosität im Kalabusch erlebt, aber so etwas wie den blankgezogenen Hannes im Damenklo war ihm noch nie untergekommen. »Mensch, wenn dich hier einer sieht.«

»Ich erklär's dir später«, nuschelte Hannes in seinen Schnauzbart, während er seine Jeans zuknöpfte. »Du wirst es nicht glauben ...«

Der Wirt packte ihn kurzerhand am Arm. »Los komm jetzt! Du hast richtig getippt. Als Einziger.«

»Getippt ...?«

»Ja, beim *Tatort*, du Depp.« Der Wirt schob Hannes in die Gaststube. »Der Mörder war der Jagdaufseher.«

»Na, wenigstens etwas.«

In der Gaststube empfing ihn Applaus; hochgehaltene Biergläser reckten sich ihm entgegen. Hannes blinzelte irritiert in die Runde der Gratulanten. Eine junge hübsche Frau mit rotblonden Locken und einem Rucksack war nicht unter ihnen.

Susanne Mischke

Gaststätte: Oscar's (Bar am Opernplatz)

Die Abrechnung
oder
Vier Barleichen und ein Stromausfall

Allmählich füllt sich die Bar. Wie gut, dass ich schon meinen Platz eingenommen habe. Das Oscar's ist nicht nur die schönste Bar der ganzen Stadt, man muss auch in anderen Städten lange suchen, um eine so gepflegte Lokalität zu finden. Gediegen ist die Räumlichkeit und doch auch aufgelockert durch farbenfrohe Bilder und ein bisschen Jugendstil-Kitsch, so wie die riesigen, goldrahmigen Spiegel und die grazil verästelte Lampe mit den blauen Schirmchen am anderen Ende der Theke. Aber das Eindrucksvollste ist natürlich das, was eine Bar im Allgemeinen ausmacht. Diese geradezu berauschende Fülle an Flaschen! Bis hinauf an die überhohe Decke reicht das Regal. Oben stehen die Whiskyflaschen, das Oscar's ist bekannt für seine riesige Auswahl an Malt Whiskys, weiter unten die Schnäpse und natürlich finden sich hier auch sämtliche Spirituosen und Sirups, die man für die reichhaltige Cocktailkarte braucht. Ich persönlich habe es nicht so mit Cocktails, ich bin ja kein Mädchen. Ich bevorzuge einen handfesten Lagavulin, einen Single Malt von der Insel Islay, der südlichsten der Inneren Hebriden. Davor, für den Durst, ein frisch gezapftes Gilde oder auch zwei, und an heißen Sommertagen vielleicht einmal einen Martini oder einen Wodka-Bitterlemon.

Zum Glück liegt die Bar schräg gegenüber von meinem Arbeitsplatz, der Deutschen Bank, und ein oder zweimal in der Woche gönne ich mir nach Feierabend eine Verschnaufpause im Oscar's, ehe ich mit der Stadtbahn nach Kirchrode fahre, zu Frau und Kindern. Ich mag diese Atmosphäre am frühen Abend, wenn draußen, über dem Opernplatz, die blaue Stunde verdimmt und die Bar sich langsam füllt. Ich schaue dem Barmädchen beim Polieren der Gläser zu und versinke wohlig in dieser allmählich anschwellenden Kakophonie unterschiedlicher Bargeräusche; die Stimmen der Gäste, das Rasseln des Cocktailshakers, das Zischen des Bierhahns, das Knistern der Kartoffelchips, die man zum Drink serviert bekommt, das satte Plopp eines Weinkorkens, das vornehme Klirren der Eiswürfel in den Gläsern. Später, wenn Oper und Varietee zu Ende sind, wird es hier laut sein und viel zu geschäftig für meinen Geschmack, aber nach der Arbeit ist das Oscar's für mich der angenehmste Ort der Stadt und ich kann glücklich, still und unauffällig dasitzen, ganz hinten, wo der lange Tresen einen Knick macht. Dazu der dezente Jazz, der im Hintergrund läuft, das ist nach einem anstrengenden Tag für mich Entspannung pur …

Pfummpfumm … krchchchcht … ploing, ploing, sssssst … tschttschtschtttt … chrrrrrr … blubbblubbblubb … brzbrz …

O, verflucht, nicht schon wieder diese Latte-Macchiato-Bande! Ich meine, mir kann es im Prinzip egal sein, was die Leute trinken, es sind ja ihre Blutbahnen, durch die dann spätnachts das Koffein rauscht, es sind ihre Gedärme, in denen der Milchschaum rumort, aber der Heidenkrach, den dieser Kaffeeautomat macht, ist eine Lärmbelästigung erster Güte: zuerst das Geschepper, mit dem das alte Kaffeepulver aus dem Siebträger geschlagen wird, dann das ohrenbetäubende Mahlen der Bohnen, gefolgt vom Brummen und Plätschern, wenn der Kaffee in die Tasse rinnt, und am Ende dann das Zischen der Dampfdüse und die geradezu unanständigen Geräusche, die die Milch von sich gibt, wenn sie aufgeschäumt wird.

Leute, dies hier ist eine *Bar!* Hier trinkt man Bier, Wein, Schnaps, Whisky, Cocktails … auf jeden Fall nicht dieses alberne Schickimicki-Gesöff. Für den ausgiebigen Genuss von Kaffee in Cocktailgläsern haben wir schließlich Starbucks und die Lister Meile.

Meistens sind es ja diese Dämchen mit den zweifarbigen Reiterstiefeln und den Prada-Sonnenbrillen im blond gesträhnten Haar, die dieser Unart frönen. Dieselben übrigens, die man auch am Samstagvormittag in der Markthalle am Kaffeestand trifft, wo sie dann aber keinen »Latte« trinken, sondern Prosecco süffeln und dazu kreischend kichern.

Seit ein paar Wochen ist es jedoch ein Pärchen, so typische Linden-Mitte-Ökospießer, das mir mit dieser Latte-Marotte auf die Nerven geht. Er mit Dreitagebart und so einer affigen Just-out-of-Bed-Frisur, sie ein Gesicht wie ein Podenco, Zickenbrille, gefilzte Handtasche. Jedes Mal, wenn sie »noch 'nen Latte!« bestellt, könnte ich sie …

Ja, wie schon gesagt, das Oscar's ist eigentlich eine überaus angenehme Bar, aber leider benehmen sich nicht alle Gäste so, wie es sich für eine so traditionelle Lokalität gehört. Da sind zum Beispiel diese Scheitelträger mit ihren Laptops. Also, wirklich! Eine Bar ist kein Internet-Café. Wenn ich noch arbeiten muss, dann bleibe ich im Büro. Und wenn ich in einer Bar bin, dann habe ich frei und genieße mein Getränk. Das Geräusch der Tastaturen hinterlässt bei mir das Gefühl, ich sei noch im Büro, und oft genug sondern die Dinger auch noch seltsame Laute ab. Ich habe ja den Verdacht, diesem nicht mehr ganz jungen Typen, der da allein an einem Vierertisch sitzt, geht es hauptsächlich darum, dass jeder den weiß leuchtenden Apfel auf dem Deckel des Gerätes zu sehen bekommt. Poser, der! Ein paar Mails auf dem Smartphone lesen mag ja noch angehen, solange man nicht damit telefoniert und hineinbrüllt, wie es leider auch bisweilen vorkommt, aber ein aufgeklapptes Laptop in einer Bar auf dem Tisch oder gar dem Tresen finde ich mindestens so unpassend wie ein Strickzeug. Ja, ganz richtig: Strickzeug! Genau hinter mir sitzen zwei Frauen, die zwar keinen solchen Höllenlärm verursachen, wie die Latte-Schlürfer, weil sie Weißweinschorle trinken, aber dafür klappern ihre Stricknadeln. Unentwegt! Ich habe gelesen, dass Stricken jetzt wieder ganz »in« sein soll, sogar meine werte Gattin hat nach dreißig Jahren wieder damit angefangen. Es soll so beruhigend und entspannend sein. Also mich entspannt das nicht! Und ich frage mich wirklich, ob ein Strickzeug in eine Bar gehört. Wo, um Himmels Willen, soll das noch hinführen? Trifft sich hier bald der Handarbeitskreis und als Nächstes die Krabbelgruppe? Werden hier bald Muffins serviert, oder Sushi? Gibt es demnächst Whisky-Verkostungen, bei denen man gleichzeitig mit schottischer Tweedwolle eine Runde probestricken kann? *O tempora, o mores!* Ich gehöre ja sonst nicht zu denen, die behaupten, früher wäre alles besser gewesen, aber ich wette, wenn man im

Oscar's noch rauchen dürfte, dann gäbe es diese Latte-Schlürfer und die Strickerinnen hier drin nicht.

Ja, ich gebe es zu, ich trauere den Zeiten nach, wo ich noch meine Zigarre zum Whisky am Tresen rauchen konnte und man manchmal am späten Abend die anderen Gäste nur noch durch einen Dunstschleier erkennen konnte. Was den meisten ohnehin zum Vorteil gereichte. Es hatte so was … Anrüchiges. Eine Bar ist eben eine Bar und keine Kita.

Und da kommt ja auch schon das nächste Übel, das Schlimmste von allen! Ich nenne den Typen immer nur den Proll. Das beschreibt ihn am besten. Er trägt Cowboystiefel, er hat zu viel Gel im Haar und sieht, obwohl erst in den Dreißigern, verlebt aus. Der Ansatz einer Bierplautze verbeult das La-Martina-T-Shirt unter der Lederjacke und hängt über seiner Dolce-Gürtelschnalle, die sicher so schwer ist wie ein Schiffsanker. Zugegeben, was Kleidung angeht, bin ich eher konservativ, das bringt der Beruf so mit sich, aber davon abgesehen bin ich grundsätzlich der Meinung, dass Männer über 16 keine Jeans mit Löchern darin tragen sollten und schon gar nicht sollten aus diesen Löchern dunkle Haare herausschauen! Wenn der Typ auf dem Barhocker sitzt und man hinter ihm vorbeigeht, hat man übrigens tiefe Einblicke in ein feistes Maurer-Dekolleté, was auch keine Freude macht. Leider ist der Kerl ein Stammgast, er kommt fast jeden Tag. Zumindest wenn ich da bin, ist er auch immer da. Manchmal mit Kumpels vom selben Schlag wie er, manchmal hat er auch eine Frau dabei. Es ist fast jedes Mal eine andere, aber immer dieselbe Kategorie: Haar zu blond, Teint zu braun, Fingernägel zu bunt und über der Schulter eine George-Gina-&-Lucy-Handtasche. Der Proll benimmt sich, als wäre er hier zu Hause und als würde ihm der Laden gehören. Hat er niemanden dabei, den er kennt, belästigt er das Thekenpersonal mit seinen müden Witzen und seinem Bildzeitungswissen. Oder er telefoniert. Das alles geschieht so laut, dass man es auch noch im letzten Winkel des Lokals versteht, ob man will oder nicht. Ich gehöre zu denen, die das nicht wollen, und ich habe schon etliche andere Gäste die Augen verdrehen sehen. Würde er nicht so viel Umsatz bringen, hätte man ihm bestimmt schon längst Lokalverbot erteilt.

Heute ist es wieder besonders schlimm, also nehme ich meinen Lagavulin, gehe raus und stecke mir einen Zigarillo an. Selbst hier draußen hört man den Proll noch klugscheißern.

Es ist wenig los, ein ruhiger Mittwochabend im Juli, die Tische auf dem breiten Gehweg der Georgstraße, die zum Oscar's gehören, sind leer, es ist zu kühl. Der ganze Sommer taugt nicht viel. Ich rauche meinen Zigarillo und sehe hinüber zum Opernplatz, wo vor dem Mahnmal für die deportierten jüdischen Bürger Jugendliche munter mit ihren Skateboards hin- und herfahren. Ein paar sitzen auch auf den Bänken und trinken. Bestimmt keine Limonade! Es gab deswegen schon oft Beschwerden, aber mir ist das gleichgültig. Mir sind sie lieber da drüben als womöglich auch noch in meiner Lieblingsbar. Anscheinend ist die Crew heute noch nicht dazu gekommen, den Rauchertisch zu säubern, jedenfalls steht da ein Glas, in das es zwei Finger breit hineingeregnet hat, und im großen Aschenbecher schwimmen jede Menge aufgeweichte Kippen in einer dunkelbraunen, fast schwarzen Brühe. Einem Spieltrieb gehorchend, schütte ich das Nikotinkonzentrat aus dem Aschenbecher in das verregnete Glas. Hat jetzt fast dieselbe Farbe wie mein Lagavulin, stelle ich fest.

Als ich aufgeraucht habe, nehme ich das Glas mit der Nikotinbrühe mit hinein. Das Mädchen, das heute hinterm Tresen steht, ist noch neu, nicht, dass sie noch Ärger kriegt, weil der Rauchertisch nicht sauber ist. Das Latte-Macchiato-Pärchen ist nicht auf seinen Plätzen. Er marschiert draußen auf und ab, das Handy am Ohr, die andere Hand fuchtelt herum, sie ist wahrscheinlich auf dem Klo. Ich blicke mich verstohlen um. Das Barmädchen serviert dem Proll sein drittes Bier, der Proll checkt sein iPhone, der Laptop-Mensch starrt und tippt, die Strickerinnen zählen Maschen, der Barkeeper schneidet Obst für einen Cocktail. Ich bin ohnehin ein Typ, den kaum jemand beachtet, graues

Haar, grauer Anzug, und im Moment scheinen alle beschäftigt zu sein. Kurzerhand fülle ich die zwei halbvollen Kaffeegetränke mit der Kippenbrühe auf. Vielleicht wird ihnen jetzt die Lust auf das Modegetränk endgültig vergehen.

Ich beobachte die beiden aus dem Augenwinkel, als sie wieder da sind. Er merkt offenbar gar nichts, oder lässt sich jedenfalls nichts anmerken, sie verzieht ein wenig das Podencogesicht und schüttet noch einen Löffel Zucker ins Glas und klappert mit dem Löffel darin herum. Aber sie trinken aus. Was für Geschmacksnerven müssen diese Leute haben?

Die Lektion scheint gewirkt zu haben, er bestellt danach ein Bier, sie einen Weißwein. Na also, geht doch!

Ich grinse vor mich hin und bestelle noch einen Whisky, obwohl es jetzt schon nach zehn ist und meine Gattin sicher etwas verschnupft sein wird, wenn ich so spät nach Hause komme. Egal, muss eben wieder mal Griechenland als Ausrede herhalten. Ich möchte sehen, ob den beiden nicht vielleicht doch ein wenig schlecht wird. Neulich kam im Deutschlandradio eine Sendung über Vergiftungen. Da wurde behauptet, das Nikotin einer aufgelösten Zigarette könne einen Menschen töten. Offenbar haben die Journalisten mal wieder übertrieben.

Kurz nach halb elf geschehen zwei Dinge fast gleichzeitig. Die Podencofrau klappt plötzlich zusammen wie ein Liegestuhl und kippt vom Barhocker. Im Nu ist sie umringt von besorgten, hilfsbereiten Menschen.

»Ist hier ein Arzt?«, schreit jemand.

»Wir sind Veterinäre«, sagt der Mann, der mit seiner Begleiterin am Nachbartisch des Scheitelträgers mit dem Laptop sitzt und Rotwein trinkt. Auch die Strickerinnen sind aufgesprungen. »Ich bin Pflegedienstleiterin«; piepst die eine und beugt sich zusammen mit dem Veterinär über Frau Latte, die sich am Boden krümmt wie ein Aal auf dem Trockenen. Der Ausdruck in ihrem Gesicht erinnert mich ein bisschen an den alten Gruselschocker *Der Exorzist*. Dann gehen die Lichter aus. Alle. Auch die Kontrollleuchte an der Kaffeemaschine und der Bildschirm an der Kasse ist schwarz. Nur die Kerzen auf den Tischen brennen noch und der weiße Apfel auf dem Deckel des Laptops leuchtet heller denn je.

»Ey, was'n jetzt?«, brüllt der Proll.

Irgendjemand ist zur Tür gestürzt und ruft: »Alles dunkel. Die ganze Stadt!«

Das ist wahr. Die Oper ist dunkel, das Türmchen der Deutschen Bank wird nicht mehr angeleuchtet, die Straßenlaternen sind erloschen. In keinem Fenster brennt mehr Licht, nirgends. Nur ein paar Autoscheinwerfer geistern noch durch die Nacht.

»Stromausfall!«, stellt irgendein Schlaumeier fest.

»Das haben sie jetzt von ihrer Energiewende!«, meint ein anderer.

Die Podencofrau röchelt. Der Barkeeper versucht, einen Krankenwagen zu rufen, aber anscheinend ist auch das Handynetz gestört und offenbar auch der Internet-Empfang: Vom Laptop-Mann hört man jedenfalls einen deftigen Fluch.

Draußen heulen die ersten Polizeisirenen auf. Das Barmädchen kramt nach Kerzen. Ich stehe auf, um zu sehen, wie es dem Linden-Mitte-Typen geht, der gerade vom Hocker geglitten ist. Er fängt nun plötzlich ebenfalls an, sich in Krämpfen zu winden. »Ich muss mal …«, hört man ihn keuchen. Kein guter Augenblick, denke ich, aber anscheinend duldet die Sache keinen Aufschub. Schon macht er sich an den Abstieg, die dunkle Treppe hinab, zu den Toiletten. Die Veterinäre unternehmen abwechselnd Wiederbelebungsversuche bei Frau Latte. Der Barkeeper hat endlich den Notruf dran. Ein Teil der Gäste beobachtet diese Aktivitäten, der Rest steht vor der Tür und beobachtet den Stromausfall. Jetzt oder nie! Ich schleiche mich im Schutz der Dunkelheit an den Laptop-Mann heran. Er sitzt ganz allein in seiner Ecke und malträtiert verärgert die Tastatur. Wie aus Versehen stoße ich seine Kerze um. Während er noch schimpft, weil Wachs auf seinen Laptop gespritzt ist, puste ich auch die Kerze vom Nebentisch aus. Dann lege ich ihm die Rundstricknadel, die ich im Vorbeigehen aus einer der liegengebliebenen Handarbeiten gezogen habe, um den Hals und drücke zu. Es ist das Prinzip der Garotte, ein im Mittelalter und in Spanien unter Franco beliebtes Instrument, geeignet zum raschen, lautlosen Töten. Er zappelt ein wenig und greift sich an den Hals, aber ich lasse nicht locker, bis er sich nicht mehr bewegt. Deckel zu, der Apfel erlischt. Warum denn nicht gleich? Ich taste mich im Halbdunkel der Kerzen zurück an meinen Platz an der Theke. Die Stricknadel wische ich sorgfältig ab, dann gleitet sie wieder zurück ins Handarbeitskörbchen. Draußen rast ein Polizeifahrzeug vorbei, ganz kurz zuckt der Schein des Blaulichts durch die Bar, und der Lärm der Sirene lässt alle zusammenfahren. Ich bemerke bei dieser Gelegenheit die Flasche Lagavulin, die neben meinem Glas steht. Stimmt, ich war ja gerade dabei, mir noch einen zu bestellen, als das ganze Theater anfing. Da im Moment ohnehin Anarchie herrscht, schenke ich mir selbst großzügig ein.

»Ich geh mal runter und schau, was ihr Freund macht«, höre ich die Stimme des Proll. Im Flackerlicht einer Kerze, die er mit der Hand abschirmt, verschwindet er im Abgang zu den Toiletten. Ich folge ihm, die Flasche in der Hand. Die Treppe ist recht eng und steil. Ich ziehe ihm die Flasche mit Schmackes über den gegelten Kopf. Zum Glück ist sie massiv und geht nicht kaputt. Wie ein Erdbeben poltert er die Stufen hinab, dabei geht die Kerze aus. Ich horche in die Dunkelheit. Nein, er steht offenbar nicht wieder auf. Nur aus Richtung Herrenklo hört man wüste Geräusche, der Linden-Mitte-Typ reihert sich wohl gerade die Seele aus dem Leib. Das ist mir zu unappetitlich, da will ich nicht dabei sein, also kehre ich lieber um und stelle die Flasche wieder auf die Theke zurück. Auf der Straße hält jetzt eine Ambulanz auf Höhe des Oscar's, zwei Notärzte kommen herein. Der Lichtkegel einer Taschenlampe erfasst mich kurz, aber da sitze ich schon wieder ganz grau und brav vor meinem Lagavulin. Die Podencofrau wird aus der Bar getragen. Es sieht nicht gut aus. Strom ist immer noch keiner da. Der Schrei des Barmädchens fällt zusammen mit der Sirene der Ambulanz, die draußen losfährt, und signalisiert mir, dass nun auch der Laptop-Mann entdeckt worden ist.

Ich nutze das nun entstehende Chaos, um mit dem Obstschneidemesser Sabotage am Werk der Strickerinnen zu üben. Hoffentlich kommt die Botschaft an, sonst muss ich andere Saiten aufziehen! Dann rufe ich dem Barkeeper zu, dass ich das nächste Mal zahle, denn die Kasse funktioniert ohne Strom ja ohnehin nicht. Aber der Mann hat andere Sorgen, gerade kommt der Kumpel des Prolls die Klotreppe herauf und brabbelt etwas von zwei Leichen auf dem Lokus. Jetzt ist es mir definitiv zu unruhig im Oscar's. Ich verlasse die Lokalität und gehe durch die dunkle Stadt Richtung Bahnhof. Ich will versuchen, ein Taxi zu ergattern, denn wer weiß, ob die Straßenbahn fährt. Überall heulen jetzt Sirenen. Bestimmt plündern irgendwelche finsteren Elemente bald die ersten Geschäfte. Unmöglich, manche Leute.

Ein paar Tage später sitze ich wieder im Oscar's. Es ist angenehm. Keine Kaffeemaschine lärmt, kein Laptop klappert, kein Proll prollt, niemand strickt. Ich kann diese Bar wirklich nur wärmstens empfehlen. Aber bitte – benehmen Sie sich.

* Kurz nach 22:30 Uhr gingen am 13. Juli 2011 in Hannover und in benachbarten Städten die Lichter aus. Eine defekte Kupplungsstelle im Hochspannungsnetz in der Nähe des Kraftwerks Mehrum ließ die Versorgung im gesamten Netzgebiet der Stadtwerke Hannover zusammenbrechen. Bei der Feuerwehr gingen zwischen 22:35 und 2 Uhr insgesamt 785 Notrufe ein – 75 führten zu Einsätzen. Gegen Mitternacht waren 70 Prozent der Stadt wieder am Netz. Um 0:15 Uhr waren Hannover und die betroffenen Orte in der Region wieder mit Strom versorgt. (HAZ vom 14. Juli 2011)

Egbert Osterwald

Gaststätte: Sale & Pepe (Alt-Ricklingen)

Ein Mord für 20 Euro

Ja, ich weiß, dass ich einen Anwalt hinzuziehen kann, aber ich glaube, das wird nicht nötig sein. Nein, wirklich nicht. Aber wenn Sie für mich eine Tasse Kaffee … Danke schön. Herzlichen Dank. Nein, ich habe nichts dagegen, dass Sie das Tonband mitlaufen lassen. Aber wenn Sie vielleicht bei manchen Stellen das Aufnahmegerät einfach ausschalten, wenn ich es möchte …?

Ok, Danke.

Also, ich kann mir vorstellen, warum Sie wissen wollen, wieso ich den Karsten Götze umgebracht habe. Wegen 20 Euro. *Der Mörder-Penner vom Schünemann-Platz*, das war doch die Schlagzeile der BILD heute Morgen, oder nicht?

Aber ehrlich: mit dem Geld hatte das nichts zu tun, jedenfalls nicht direkt. Wirklich nicht, also ein Raubmord war es nicht, das möchte ich klarstellen. Bitte glauben Sie mir das.

Aber vielleicht fange ich am besten mit dem Anfang an. Vor ein paar Jahren war ich ein Mann wie Sie, Herr Kommissar, ich glaube, wir sind das gleiche Baujahr, wenn ich es mal so sagen darf, auch wenn ich jetzt deutlich älter aussehe. Also ein Mann wie Sie, ich war Bauingenieur, hatte eine gute Stellung bei Haarke & Kerner, eine hübsche Frau, ein schönes Haus hier in Unterricklingen direkt am Deich. Nur Kinder fehlten. Ein normales Leben, wenn Sie so wollen. Wir gingen häufig in diese Eck-Kneipe Sale & Pepe, so ein ziemlich guter New-Age-Italiener mit einer exzellenten Küche. Meistens donnerstags waren wir da, meine Frau und ich. Ich erwähne das nur, weil es nachher von Wichtigkeit ist.

Haarke & Kerner waren damals eine große, international agierende Baufirma. Wir bauten bedeutende Infrastrukturprojekte, Straßenbau, Autobahnkreuze, große Hafenanlagen, so etwas in dieser Art, meistens in Entwicklungsländern, und ich war häufig im Ausland. Verdiente gutes Geld.

Die ganze Malaise begann mit der Wirtschaftskrise 2001. Ich war damals Bauleiter bei einer Erweiterung des Hafens in Lagos, Nigeria. Ein Scheißland, ein Scheißklima, Scheißleute. Vor allem mit einer Scheißzahlungsmoral. Und so geriet das ganze, von mir geleitete Projekt, spätestens 2002 in eine bedrohliche Schieflage. Kein Geld, die Burschen zahlten einfach nicht, daher keine Baufortschritte, und schließlich geriet auch unsere Firma in Zahlungsschwierigkeiten. Na ja, was soll ich sagen: Das Management entließ Mitarbeiter, erst nur wenige, dann erfolgte eine Umstrukturierung mit amerikanischem Geld, und ein Jahr später war ich schließlich auch dabei.

Eigentlich hatte ich gedacht, schnell einen neuen Job zu finden, aber so einfach war das nicht. 128 Bewerbungen habe ich geschrieben. Die ersten schlechten Angebote wollte ich nicht, und die letzten ganz miserablen bekam ich nicht mehr. Und dann ging es auf einmal alles ganz schnell. Alkohol, Eheprobleme, Auszug meiner Frau, Zahlungsschwierigkeiten, noch mehr Alkohol … innerhalb von zwei Jahren konnte ich zusehen, wie meine Möbel aus unserem Haus, das mir nicht mehr gehörte, an den Straßenrand gestellt wurden. Ich fand erst Unterschlupf in einer kleinen Mietwohnung, schließlich im Lämmermann-Haus am Wacholder und dann stand ich auf der Straße. Das muss so 2005 gewesen sein. Das ging ratz-fatz.

Ich weiß nicht, ob Sie es sich vorstellen können: Das Schlimmste an dieser ganzen Obdachlosigkeit ist nicht einmal das fehlende Geld, ja nicht einmal die Verachtung der ordentlichen Bürger, die gar nicht ahnen, wie schnell dieses Schicksal auch sie treffen kann, nein, das Allerschlimmste ist die Langeweile. Sie können ja nichts machen. Alles kostet Geld: Kino, Bücher, Frauen, Kneipen, alles. Was bleibt: Bier, Schnaps, billiger Wein. Das vertreibt die Zeit. Und so hängen wir zusammen, meistens auf dem Schünemannplatz oder in irgendwelchen anderen Parkanlagen. Anfangs habe ich noch gedacht: Nein, der Schüneplatz ist so zentral in Ricklingen, da kennt mich jeder, und da gehe ich nie hin … Ich schämte mich in den Augenblicken, in denen ich nüchtern war. Irgendwann gab sich auch das. Einen Penner erkennt keiner – und wenn, dann ist es ihm auch egal. Und so hing ich rum.

Übrigens gibt es unter Pennern genauso wie im normalen Leben draußen eine klare Rangordnung: Ganz oben die Hartz-IVer, eigene Wohnung, eigenes Einkommen, natürlich schon ziemlich außen vor, wenn man es mal von den richtigen Bürgern aus betrachtet, aber von unten gesehen, sind die schon fast Millionäre. Dann gibt es welche, die haben wenigstens noch ein Zimmer – Lämmermann-Haus, Obdachlosenheim oder irgendwo sonst, dann kommen die mit wenigstens einem Schlafplatz irgendwo in einer Wohnung oder einem Zimmer bei einem Kumpel … und dann geht es schon ziemlich abwärts. Zum Schluss – wobei es einen Schluss eigentlich gar nicht gibt, denn nach unten geht es noch immer weiter – kommen die mit einer Decke, einem Schlafsack, manchmal haben sie noch ein Fahrrad oder einen Einkaufswagen, dann hat man ja wenigstens noch etwas, vollgekotzt, vollgepisst, stinkend … Ich glaube, Sie kennen diese armen Kerle auch. Und spätestens da haben sie alle etwas verloren, was sie früher auch mal besessen haben: Würde. Schütteln Sie nicht so den Kopf, Herr Kommissar, irgendwo braucht jeder Mensch so etwas wie Würde. Das Gefühl ein Mensch zu sein, geachtet zu werden, wenigstens von sich selbst. Selbstachtung. Und wenn Sie nur noch ein stinkendes Stück Scheiße sind, bettelnd nach Alkohol, dann haben Sie die längst abgegeben. Auf einmal sind Sie genau das, wonach Sie aussehen. Ich weiß nicht, ob es noch tiefere Stufen gibt, aber das war meine.

Nein, ich weiß, was Sie jetzt sagen wollen, ich sehe jetzt nicht mehr so aus. Fast schon wie ein Hartzer, würde ich sagen. Ja, ich habe meine Würde wiedergefunden. Ich habe nämlich einen Engel getroffen. Lachen Sie nicht, nein, keinen Rauschegoldengel mit Flügeln und goldenem Haar. Bei mir war es ein prosaischer Engel, eine Frau, alleinstehend, von 78 Jahren, die sich entschlossen hatte, ihre Haare nicht mehr zu färben. Sie hieß Irmela Oltmüller und war früher einmal meine Nachbarin gewesen.

Sie ertappte mich irgendwo auf dem Ricklinger Stadtweg auf dem Weg zum Schünemannplatz, wo ich zu meinen Kumpels wollte, soweit sie mich jedenfalls noch ertragen konnten. Sie wollte schon an mir vorübergehen, als auf einmal ihr Blick entsetzt an mir haften blieb.

»Herr Domke«, sprach sie mich entgeistert an. »Wie sehen Sie denn aus?«

Dies hätte eigentlich mein tiefster Punkt werden können, angesprochen von Nachbarn, Freunden, erkannt, bloßgestellt – falls mich das zu diesem Zeitpunkt überhaupt noch interessiert hätte. Wahrscheinlich aber war ich zu abgestumpft, um überhaupt noch etwas zu empfinden.

Sie redete von einem Koffer, der noch bei ihr stehen sollte, ich verstand das alles nicht, aber irgendwann war ich auf einmal in ihrem Haus. Komisches Gefühl, direkt neben meinem eigenen, in dem jetzt andere Leute wohnten, ich kannte noch jeden Baum, ein Leben, das vorbei war. Und dann verstand ich die Sache mit dem Koffer.

Es war ein Rimowa-Koffer, wie ich ihn immer auf meinen Flügen in die Tropen benutzt hatte, Aluminium, benutzt, etwas zerbeult, ein Gebrauchsstück. Auf irgendeinem Flug in irgendein scheißafrikanisches Land, entschuldigen Sie bitte die Ausdrucksweise, aber so ist es, war er weggekommen. Vielleicht verlegt, verschickt, geklaut, jedenfalls weg. Nein, nein, die Versicherung hat schon gezahlt, das war schon in Ordnung. Und so wertvoll war er ja auch nicht. Aber ein paar Monate nach meinem erzwungenen Auszug aus meinem Haus war er von der Lufthansa wieder angeliefert worden. Nur, da war ich natürlich nicht mehr da.

Und meine Nachbarin hatte ihn angenommen und verwahrt.

Nein, es ist nicht so, wie sie denken, es war nicht das ganz große Geld darin, woher auch, nein, es waren nur Klamotten. Ganz normale Klamotten. Ein paar Jeans, Unterwäsche, Kosmetikutensilien, Business-Anzug, Hemden, alles ganz gewöhnlich. Und trotzdem habe ich geweint.

Ich duschte mich, zog meine alten Lumpen aus und schlüpfte in ganz normale Jeans, ein Hemd, sogar ein Jackett habe ich anprobiert. Mich im Spiegel betrachtet … in diesem Augenblick erkannte ich, was ich geworden war. Aber, ich weiß nicht, ob Sie es verstehen, Herr Kommissar, aber mein Anblick im Spiegel, ein ganz normaler Mann, etwas vorgealtert, scharfe Falten, scheußlicher Haarschnitt, aber unleugbar, ein ganz normaler Mann. Es war ein Traumbild, das mir da entgegen trat. Und in diesem Augenblick wusste ich, dass ich wieder so werden konnte wie früher. Zurückkehren konnte in ein bürgerliches Leben.

An diesem Abend ging ich erstmalig wieder aus. Zu Sale & Pepe oder Salz & Pfeffer, wie die Kneipe auch hieß. Meine Nachbarin hatte mir etwas Geld gegeben, so lud ich sie von ihrem eigenen Geld ein. Komisch, es war ein Donnerstag, wie früher auch. Wir waren ganz normale Gäste in einem ganz normalen Restaurant, die Bedienung hatte gewechselt, sodass wir unerkannt blieben. Es war ein Tag wie früher. Nein, nicht wie früher. Ich hatte nicht mehr gewusst, wie köstlich ein italienischer Bauernsalat sein kann oder eine Pizza mit Mozzarella. Und eine Crème brûlé.

Trotzdem: die Geschichte hat nicht das Happy End, dass ich die Witwe heiratete oder von ihr 100.000 Euro bekam. Aber ich hatte neue Hoffnung. Irgendwo wusste ich, dass es ein Leben jenseits von Pissecken, stinkenden Decken und vollgeschissenen Schlafsäcken gab.

Meine Nachbarin hob den Koffer auf und mit ihm den größten Teil der Kleidung. Den schlechteren Teil zog ich an, den besseren ließ ich im Koffer. Ich fand einen besseren Schlafplatz, einen in einer richtigen Wohnung und sah auch nicht mehr ganz so verkommen aus. Und jeden zweiten Donnerstag im Monat ging ich zu Frau Oltmüller, duschte, schlüpfte in meine Sachen und ging zu Sale & Pepe. Für zweimal im Monat war ich wieder ein ganz normaler Mann mittleren Alters, der einfach eine Pizza aß. Und obwohl ich nach wie vor keine Arbeit bekam und von Betteln, Gelegenheitsjobs und staatlicher Stütze lebte, erschienen mir diese zwei Abende im Monat der Garant dafür, dass ich eine Chance hatte, zurückzukehren.

Vielleicht sollte ich jetzt ein paar Worte über Karsten Götze sagen. Sie werden ja auch die Akte gelesen haben. War schon ein schräger Vogel, ein verkrachter Vertreter, ein paar Mal im Knast, klaute gerne, sogar bei uns Pennern, tat ziemlich groß, in anderen Worten: Er hatte immer eine große Klappe, konnte auch sehr überzeugend und charmant sein, wenn er sich etwas davon versprach. Andererseits war er gelegentlich recht großzügig. Wenn er mal einen Zug gemacht und einen Kasten Bier oder einen Karton Wein angeschleppt hatte – den verteilte er dann auch. Er war, wenn man so will, unser Opinion-Leader: grausam, verschlagen, herzlich, großzügig und von kleinlicher Gier. Und dazu ein großer Kerl, also an Kraft war er uns allen ziemlich über. Und das sorgte natürlich auch für seine unangefochtene Stellung als Anführer. Anfangs hatte er mich kaum wahrgenommen, ohnehin, wer nahm denn schon von einem stinkenden alten Sack überhaupt Notiz … Aber als ich auf einmal wieder auf der Leiter nach oben kletterte, vom Straßenpenner zum Mitschläfer in einer Wohnung avancierte, erregte das seine Neugier. Er hatte das Gefühl, irgendetwas sei passiert, was ja auch stimmte. Dies ließ ihm keine Ruhe, er löcherte mich, bequatschte mich, einmal versuchte er mich sogar mit einer ganzen Flasche Smirnoff besoffen zum Reden zu bringen … alles vergebens. An einem Donnerstag half ihm der Zufall. Ich saß bei Sale & Pepe, unvorsichtigerweise auf der Terrasse nahe der Straße. Ich hatte mich in die Speisekarte vertieft, obwohl ich jedes Mal das Gleiche aß. Als ich aufblickte, schaute ich in die stechenden Augen von Karsten Götze.

Am nächsten Tag auf dem Schünemannplatz ging es los. Ich wäre ja ein feiner Kumpel, woher ich das Geld hätte, ein Geizhals sei ich usw. Karsten versuchte regelrecht, die anderen gegen mich aufzuwiegeln, aber das gelang ihm nur für zwei, drei Tage, dann hatten sie bald ein anderes Thema. So spannend war ich nun auch wieder nicht. Aber irgendwie muss ihm das keine Ruhe gelassen haben.

Nein, natürlich habe ich ihn deswegen nicht umgebracht.

Aber es gab etwas, was er nicht wusste. Und das ließ ihm keine Ruhe. Auch wenn er nicht mehr stänkerte, seine Sticheleien aufhörten, er auch nicht mehr versuchte, die anderen gegen mich aufzubringen: es nagte an ihm. Irgendetwas gab es an mir, das mir Kraft verlieh und mich aus dem Kreis meiner Leidensgenossen abhob.

Alles das ist vielleicht drei Monate her. Drei Monate, in denen ich mein Leben, mein geteiltes Leben weiterführte: einmal alle zwei Wochen abends ein normales bürgerliches Leben. Eine Kneipe, eine Pizza, etwas Ordentliches anzuziehen. Und diese zweimal im Monat, dieser doppelte Donnerstagabend gab mir die Hoffnung, es möchte noch einmal besser werden. Einmal bin ich sogar in die Stadtbücherei gegangen und habe mir Bücher über Straßenbau geholt. Komisch, nicht?

Die Hoffnung auf Änderung erfüllte sich schneller und anders, als ich erwartet hatte. Gestern Nachmittag gegen vier Uhr, Sie entsinnen sich, es war Donnerstag, besuchte ich wieder Frau Oltmüller. Sie öffnete mir erstaunt die Tür.

»Oh, Sie kommen ja doch noch«, sagte sie. »Aber ich habe alles so gemacht, wie Sie gesagt haben. Ihr Freund hat den Koffer schon abgeholt. Schön, dass Sie jetzt eine eigene Wohnung haben. Das freut mich wirklich.«

Ich muss wohl ganz entsetzt geschaut haben, denn sie fragte noch: »Habe ich etwas falsch gemacht?«

»Nein«, antwortete ich. »Sie haben alles richtig gemacht.«

Auf dem Schünemannplatz fand ich eine frohe Runde vor. Karsten Götze schwenkte eine Flasche Sekt.

»Da kommt ja unser Wohltäter«, rief er mit entgegen. Und auch die anderen applaudierten.

»Den Koffer mit deinen Plünnen habe ich gut verkaufen können«, erklärte er. »Wenn einer etwas findet, dann wird es geteilt – so haben wir es bisher doch gehalten …«

Die anderen nickten.

In diesem Augenblick war mir klar, dass es nie wieder

einen Donnerstag bei Sale & Pepe geben würde. Jedenfalls nicht für mich.

Wenn Sie, Herr Kommissar, für einen Augenblick mal das Aufnahmegerät ausstellen würden ... Danke. Wissen Sie, ich möchte es loswerden, damit Sie alles verstehen, aber mich selbst ans Messer liefern ... das will ich dann doch nicht ...

Wo war ich stehengeblieben? Ach so. Ich nahm den Sekt, den er von meinem Geld gekauft hatte, trank, ich nahm das Bier und ein bisschen von dem Schnaps. Und irgendwann gegen neun, als alle schon angetrunken waren, die meisten glasig schauten und immer wieder die gleichen Geschichten zum Besten gaben, der ein oder andere schon schwankte, da nahm ich eine leere Flasche. Mit einer kleinen Bewegung schlug ich ihr den Boden ab. Dann ging ich auf Götze zu. Auch er war schon sichtlich angetrunken.

»Ist doch echt gut«, sagte er noch. »Endlich wieder alle Kumpel. Wir alle.« Und er machte eine ausfahrende Geste mit seinem Arm.

Es war seine letzte, denn ich stieß ihm, ohne dass er es kommen sah, die abgebrochene Flasche direkt in den Hals. Er kriegte kein Wort raus, ich drückte ihn noch auf den Boden und drehte die Flasche um. Dabei muss ich wohl die Halsschlagader durchstoßen haben, denn er blutete auf einmal wie ein Schwein. Als die anderen den Krankenwagen holten, war er schon tot. In seiner

Hand hielt er einen zusammengefalteten Zwanzig-Euro-Schein. Komisch, nicht wahr?

Danach habe ich eine Schnapsflasche auf ex getrunken. Sollte doch wenigstens so aussehen, als ob ich's im Suff getan hätte. Aber so war es nicht. Und jetzt können Sie das Tonbandgerät wieder anschalten.

Cornelia Kuhnert

Gaststätte: Teestübchen (Ballhofplatz)

Irrtum und Wahrheit

> »Hab ich's doch gewusst«, murmelte er bestürzt. »Hab ich's mir doch gedacht! Das ist das aller Widerwärtigste. Irgendeine Dummheit, irgendeine ganz gewöhnliche Kleinigkeit kann den ganzen Plan verderben.«
>
> (Dostojewski)

Elfriede Germs, ehemalige Putzfrau, 73

Eigentlich rede ich ja nicht mit Fremden. Sie müssen gar nicht so gucken. In meinem Alter hat man viel gehört und gesehen. Und nicht nur Gutes. Aber wenn wir uns im Teestübchen treffen, geht das in Ordnung. Hier rechts geht's rein. Früher war ich oft hier. Dann kamen die Kinder, später die Krankheit vom Willi – und jetzt als Witwe … Sieht alles noch genauso aus wie damals. Der Polsterstoff hier, grüner Gobelin mit Blumen, an den kann ich mich noch genau erinnern.

Und an die Spieluhr da an der Wand. Zu Weihnachten hat die ständig ihr »Stille Nacht, heilige Nacht« gedudelt. Auch die Säulen und die Gitter gibt es schon ewig. Ich glaub', die waren damals auch schon schwarz gestrichen, aber ganz sicher bin ich mir da nicht. Der Schrank stand auf jeden Fall dahinten in der Ecke. Der kommt aus der Kaffeerösterei Eichhorn. Am Steintor. Da waren wir als Kinder oft mit, wenn meine Mutter Kaffee kaufte. Ja, die Zeit vergeht, und plötzlich steht alles unter Denkmalschutz. Nur wir Alten, wir werden ausgemustert.

Lachen Sie nicht. Geben Sie mir lieber die Karte, mal schaun, was es hier jetzt so gibt.

Donnerwetter. Teesorten haben die hier, das hört ja gar nicht wieder auf. Ingwer-Lemon. Frollein, was ist das denn?

Ingwer, Süßholzwurzel, Lemongras, das kenn' ich alles gar nicht. Na egal, ist mal was anderes als der ewige Pfefferminztee.

Junge Frau, Sie wollen also wissen, wie das hier früher so auf dem Ballhofplatz gewesen ist. Mit mir hab'n Sie sich da aber nicht unbedingt die Richtige ausgesucht, aber ich versuch's mal. Das Gebäude da drüben, der Ballhof, ist ewig alt. 17. Jahrhundert. Oder so. Irgendein Herzog hat sich das Ding zum Feiern und Federballspielen errichtet. Friedrich oder Georg oder wie die damals alle hießen. Später verkam dann das ganze

Viertel. Fachwerkbruchbuden waren das Anfang des letzten Jahrhunderts. Der Fritz Haarmann, der hat ein paar Ecken weiter sein Unwesen getrieben. Dreißig junge Männer soll er in seiner Wohnung abgeschlachtet haben. Wurst hat er draus gemacht. Stell'n Sie sich das mal vor. Sülze. Zumindest teilweise. Fürchterliche Geschichte. Ach, Sie wollten gar nicht wissen, wie das ganz früher hier war, Sie meinten mehr die siebziger und achtziger Jahre. Sagen Sie das doch gleich. Der Tee schmeckt übrigens lecker. Ich … verderben Sie sich mit dem vielen Zucker in Ihrem Tee nicht den Geschmack?

Eigentlich sah es auf dem Platz vor zwanzig Jahren genauso aus, nur nicht so sauber, nicht so renoviert. Die Geschäfte hier gibt es so lange, wie ich denken kann. Nebenan ist schon seit Kriegsende ein Juwelier. Bis letztes Jahr saß der Horst hier, aber der hat jetzt aufgehört. Seine Nachfolgerin baut gerade alles um. Neue Besen kehren gut. Ich weiß gar nicht, wo die das Geld her hat, die hat doch beim Horst Goldschmiedin gelernt … Ja, stimmt, der Horst, der war auch bei seinem Vorgänger in der Lehre. Bei dem hab' ich früher den Laden geputzt. Der gute Friedrich, Gott hab ihn selig. Jetzt ist er schon über zehn Jahre tot. Der Überfall auf seinen Sohn hat den richtig mitgenommen. Das kann man wohl sagen. Seine Frau auch. Die Lydia …, aber lassen wir das. Das ist ja nun schon zwanzig Jahre her.

Seltsam, dass Sie von dem Überfall gehört haben. Ich meine, Sie kommen ja gar nicht von hier.

Da haben Sie auch wieder Recht, stand ja groß in allen Zeitungen. Nicht nur in der HAZ. Spiegel, Fernsehen, alle haben berichtet. Der René wollte damals eine ganz große Schmuckprepen … preven … genau … Schmuckpräsentation machen. Danke, das war das Wort, das mir auf der Zunge lag. Der hat sich damals richtig ins Zeug gelegt. Hat ein zweites Juweliergeschäft am Kröpcke aufgemacht. So ein ganz Feines, da musste man klingeln, um reinzukommen. Erst dann drückte jemand von drinnen auf den Knopf und die Tür öffnete sich. An dem Tag, als das mit dem Überfall passierte, hatte er für etliche Millionen Schmuck im Laden.

Nein, das war nicht alles sein eigener, vieles war nur für die Schau da. Eine Riesenjuwelenschau sollte das werden, mit Empfang und allem Drumrum. Über hundert Gäste sollten kommen. Manche sprachen sogar von dreihundert, aber die Leute neigen immer zum Übertreiben. So viele hätten doch gar nicht in den Laden gepasst.

Huhu, Hanna! Entschuldigung, dass ich so an die Scheibe klopfe, aber das ist eine alte Freundin von mir. Die war übrigens damals eine Kollegin von *dem* Briefträger.

Sehen Sie, Sie wissen doch nicht alles. Der Briefträger war es doch, der die Lydia und den René gefunden hat.

Hanna, darf ich dich der jungen Frau vorstellen. Die möchte was über den Überfall damals wissen. Du weißt schon.

Nun hab dich nicht so. Bestell dir den Tee mit Lemongras, der ist eine Wucht. Ein bisschen süß, aber lecker.

Hanna Rost, pensionierte Postbotin, 65 Jahre

Frollein, ich nehm auch diesen Tee. Meine Freundin sagt, der schmeckt gut. Lemongras, ist das das Grünzeug von 'ner Zitrone?

Macht nichts, ich probier ihn trotzdem.

Soso, Sie interessieren sich für den Raubüberfall? Da red' ich eigentlich nicht gerne drüber. Aber wenn Elfi mich so nett bittet … Mein Kollege, der wollte an jenem Vormittag ein Paket in dem Juweliergeschäft abgeben. Als er vor der Tür stand, sah er jemanden auf dem Boden liegen.

Nein, natürlich hat der Kollege nicht gleich erkannt, wer das war. Deshalb hat er ja die Polizei gerufen. Die fanden dann den Juwelier gefesselt und geknebelt unten im Laden. Bewusstlos. Die Kotze lief ihm aus dem Maul. Entschuldigung, Mund. Der ist erst später im Krankenhaus wieder erwacht. Seine Mutter lag in der oberen Etage. Neben ihrem Stuhl. Gefesselt an Händen und Füßen. Über dem Mund ein breites Klebeband. Ich hab das zum Glück nicht gesehen, nur gehört. Die Polizei hat ja ganz schnell alles abgeriegelt.

Wirklich mal was anderes, dieser Tee. Hat gut geschmeckt. Danke für die Einladung, aber ich muss jetzt los. Meine Enkeltochter wartet auf mich. Ich soll mit der noch Schuhe kaufen gehen.

Alfred Paschke, pensionierter Hauptkommissar, 70 Jahre

Guten Tag, die Damen. Ist eine von Ihnen Frau Coşar? Schön. Gestatten, Paschke, Alfred Paschke. Sie haben mich letzte Woche angerufen. Und Sie, Sie kommen mir auch bekannt vor. Frau Germs, wenn ich mich richtig erinnere. Geht es Ihnen gut?

Das freut mich. Ja, die Jahre gehen ins Land und wir werden auch nicht jünger. Ach, Sie müssen schon, na, dann alles Gute.

Noch einmal vielen Dank für die Einladung, junge Frau. Darf ich mich hier auf die Bank setzen? Ist ja selten, dass jemand was von einem Pensionär wissen will. Überhaupt will ja kaum noch jemand was von uns Alten wissen. Die Jungen, die halten sich ja immer für ganz schlau.

Das Teestübchen kenne ich von früher. Aber mehr so von außen. Damals war ich nie hier drinnen. Meine Tochter, die hat sich da oft mit so ein paar Langhaarigen rumgetrieben. Ich hab die ja immer im Verdacht gehabt, dass es nicht nur Tee, sondern auch Haschisch gab. War ja 'ne verrückte Zeit Mitte der Siebziger. Lange Haare, kurzer Verstand – und die Röcke noch kürzer.

Nee, Fräulein, geh'n Sie mir weg mit Ihrem Tee. Ich nehm' einen Kaffee. Ordentlichen Bohnenkaffee. Was dagegen? Ich wollt' auch schon sagen …

Haben Sie die Bedienung gesehen, wie die geguckt hat? Die müssen auch mal ein bisschen härter angefasst werden. Nicht immer nur Schmusekurs. Sind schließlich Dienstleister.

Der Raubüberfall 1981, das war eine ganz haarige Angelegenheit. Das können Sie mir glauben. Ich bin ja schon seit ein paar Jahren pensioniert, aber die Sache geht mir immer noch nicht aus dem Kopf. Die planten damals eine ganz große Schmuckshow, heute würde man sagen ein Event. Der Inhaber sortierte morgens noch irgendwelchen Schmuck in der Auslage, als es klingelte. Man musste nämlich … ach, Sie wissen schon, dass man klingeln musste, um reinzukommen. Umso besser. Er dachte, es wäre ein Geschäftsfreund und drückte auf den elektrischen Türöffner. Aber nicht der Geschäftsfreund betrat den Laden, sondern zwei Herren, sehr gepflegte Erscheinungen, wie Mutter und Sohn später aussagten. Dann ging alles ganz schnell. Statt Händeschütteln gab es einen Hieb in die Magengrube und Schläge über den Schädel.

Wie es weiterging? Immer mit der Ruhe oder nicht

so schnell mit den jungen Pferden, wie mein Kollege Knackstedt früher immer gesagt hat. Der Kaffee wird sonst kalt. Und Ihr Tee auch. Respekt, drei Stück Zucker. Da würde meine Frau mit mir schimpfen.

Zurück zum Überfall. Ich war einer der ersten am Tatort. Der niedergeschlagene Juwelier und seine Mutter lagen im Laden, sonst nichts. Verstehen Sie? Nichts von Belang war da, außer den beiden. Schmuck und Uhren im Wert von rund zwölf Millionen Mark verschwunden. Einfach so. Und das geht gar nicht. Gucken Sie nicht so. Das geht wirklich nicht. Wir haben alles nachgestellt. Man kann nicht binnen zehn Minuten um die 3400 Schmuckstücke und 360 Uhren in zwei Aktentaschen verstauen, geschweige denn abtransportieren. Das Zeug wog um die vierzig Kilo. Außerdem waren etliche Schmuckstücke in Kartons verpackt. Und nicht nur das war merkwürdig: Wie der Zufall es will, war die Überwachungskamera gerade abgeschaltet und der Tresor geöffnet – wegen der Vorbereitungen für die Ausstellung. Nachtigall, ick hör' dir trapsen. Für mich roch das nach Versicherungsbetrug. Zehn Meilen gegen den Wind. Die Versicherung sah das genauso und weigerte sich, den Schaden zu begleichen. Erst sei das Ende der Ermittlungen abzuwarten, meinten die.

Sie gucken so skeptisch. Der Anwalt vom Juwelier hat das Gesicht auch immer so verzogen und dann zum großen Schlag ausgeholt. Verbal versteht sich: »In dieser Untersuchung steht unser Rechtsstaat auf dem Prüfstand.« Kein Scheiß, so hat der geredet, wenn ich es doch sage. Runzeln Sie nicht so die Stirn. Auch bei der Polizei legt man nicht immer jedes Wort auf die Goldwaage. Erst recht nicht, wenn man pensioniert ist. Aber der Reihe nach. Ist ja kein Geheimnis. Konnte man in jeder Zeitung lesen. Fakt ist, dass die Beraubten um die zehn Millionen Mark von der Versicherung kassieren wollten, gar nicht davon zu reden, dass Kommissionsware im Wert von über sechs Millionen bei diesem Überfall verschwunden ist. Zum Glück hat die Versicherung schnell geschaltet und kein Geld gezahlt. Man muss erst einmal die Ermittlungen abwarten, haben die gemeint.

Der Kaffee schmeckt, ja, Fräulein, Sie können mir noch einen bringen. Und für die junge Dame einen Tee. Welchen hätten Sie denn gerne?

Black Oriental Spice. Das hört sich exotisch an. Also, Fräulein, so einen *Black Oriental* und machen Sie bitte die Musik leiser. Dieses englische Geplärre ist fürchterlich. Da kann man sich ja gar nicht unterhalten. Schon gar nicht über ernsthafte Dinge.

Sehen Sie, es geht doch, man muss die nur fordern. Kommen wir zurück zu den Fakten. Bis Januar 1981 war das Juweliergeschäft am Kröpcke mit einer Million Mark versichert, dann wurde die Summe nach und nach auf zehn Millionen erhöht – und jetzt wird es interessant: Die hundertprozentige Deckung sollte nicht nur wie sonst in dieser Branche üblich für Einbruch, sondern auch für Raub gelten. Dafür mussten die Versicherungsnehmer – wie es im Fachjargon heißt – im Jahr über 60.000 Mark hinlegen. Woher nehmen, wenn nicht stehlen?

Nein, ich hatte keine Vorurteile gegen diesen Juwelierssohn. Aber man muss schon genau hinschauen. Die Fakten sprechen dann für sich.

Ach, jetzt fangen Sie mit *der* Sache an. Das musste ja kommen. Die Gauner können uns an der Nase herumführen und kaum tricksen wir die mal ein bisschen aus, schreien alle auf. Eine Sauerei war das. Eine Riesensauerei. Und Recht haben wir obendrein gehabt. Sie entschuldigen mich, ich muss mal austreten. Der Kaffee treibt.

Ewald Müller, Galerist, 54 Jahre

Na, dem haben Sie aber ordentlich eingeheizt. Ich hab' ein bisschen was von Ihrem Gespräch aufgeschnappt. Darf ich mich zu Ihnen setzen? Mein Name ist Müller. Ewo Müller, von Beginn an Stammgast im Teestübchen. Bin quasi in der Altstadt hängengeblieben, am Ende des Platzes hab ich meine Galerie, da ist man mit den Ohren immer am Zeitgeschehen.

Natürlich hab ich damals alles in der Zeitung verfolgt.

Die war ja jeden Tag voll davon. Das war ein echter Knaller. Der Überfall hatte alles, was der brave Bürger braucht. Sex und Crime und Rock'n Roll. Gold, Diamanten, Juwelen, Sylt, schnelle Wagen, Yachten. Nur der Sex fehlte. Aber immerhin Crime – und das in Hannover. Ja, ich hab meinen sehr speziellen Humor. Kein Geld, aber gute Laune, ist doch auch was. War echt dämlich von René, dass der ein dreiviertel Jahr nach dem Überfall mit 'nem Koffer voller Schmuck ins Hotel nach Bremen kurvte, um den dort für einen Freund an der Rezeption abzugeben. »Bitte geben Sie das Herrn Schneider.« Genau darauf hatten die Bullen gewartet. Ja, Sie haben richtig gehört. Die haben schon auf den lieben René und seinen Koffer gewartet. Verdeckt natürlich. Während der mit seinem Benz weiter nach Sylt düste, untersuchten die den Inhalt des Koffers in aller Ruhe. Und wurden fündig. Ein paar Uhren, Ringe und so steckten zwischen Handtüchern – und alle waren als geraubt gemeldet. Dumm gelaufen. Aber hätte er ahnen können, dass die jemanden auf ihn angesetzt hatten? Einen ausgefuchsten Geheimagenten noch dazu?

Das verstehen Sie nicht. Gut, dann muss ich ein bisschen weiter ausholen. Also: Erst hat sich ein Agent bei Renés Schwester Marion eingeschleimt. Claude nannte der Typ sich. Irgendwo auf einer dieser Jetset-Reisen zwischen Australien, Zürich, den Kanaren und sonstwo ist er aufgetaucht. Freundlich, interessiert und stets hilfsbereit. Dieser Claude charterte dann am Mittelmeer für seine neuen hannoverschen Freunde eine Motorjacht. Zeit für gute Gespräche, für Gespräche mit lockeren Drinks. Vor allem aber für Gespräche zum »Mithören« und »Mitschneiden«. Dafür hatte man die Yacht bestens verwanzt. Und nicht nur das. Ein zweites Schiff folgte den Ausflüglern unauffällig, um alles heimlich aufzunehmen. Filmreif war das. Aber ein Flop. Die Bullen konnten nämlich kein Wort der konspirativen Gespräche verstehen – wegen der mangelnden Übertragungsqualität. Aber was ein guter Agent ist, dem mangelt es nicht an Ideen. Dieser Claude entwickelte einen Plan, den er den Geschwistern unter die Nase rieb: Ein paar der gestohlenen Schmuckstücke müssten in New York auftauchen. Als verschobene Hehlerware. »Wichtig ist doch nur, dass alle endlich den Überfall als Überfall schlucken und die Versicherung zahlt«, hat er seinen hannoverschen Freunden ins Ohr geflüstert. Tja, kaum zu glauben, aber darauf ist der René tatsächlich reingefallen.

Nein, das hab ich nicht direkt von ihm, aber von einem, der einen kennt, der damals ganz dicke mit ihm war.

Nein, den Namen weiß ich nicht. Wozu soll das auch wichtig sein? René kam jedenfalls in arge Bedrängnis, als er erklären sollte, woher er den Schmuck hatte, den die Bullen in dem Koffer in Bremen fanden. Angeblich hat er Wochen nach dem Raubüberfall zufällig ein paar Schmuckstücke in der Werkstatt entdeckt, die er versehentlich als geraubt gemeldet hatte. Behauptete er jedenfalls. Geglaubt hat ihm keiner. Seine Verurteilung war eine reine Formsache.

Nein, die Details kenne ich nicht. Bin ja Galerist und kein Bulle. Entschuldigung. Heute sagt man ja *political correct*: Polizist, Polizeibeamter – und alle lieben Charlotte Lindholm. Echt, da könnte ich das Kotzen kriegen. Aber egal. Die Bullen haben jedenfalls durch diesen Dreh dafür gesorgt, dass René ruckzuck schuldig gesprochen wurde. Der ließ sich noch vor der Urteilsbegründung aus dem Gerichtssaal abführen und schrie so etwas wie: »Dieser Prozess ist ein Skandal, aber bei dem korrupten Gericht war kein anderes Ergebnis zu erwarten.« Das hatte Klasse. Über zwei Jahre saß er im Knast, bis der Bundesgerichtshof dann doch das Urteil aufhob. Wir feierten das als Sieg im Kampf gegen den Überwachungsstaat und seine Ermittler. So was war damals angesagt. Deutscher Herbst und so. Mehr muss ich wohl nicht sagen.

Nein, mit der Jahreszeit hat das nichts zu tun. Aber lassen wir das. Es folgte jedenfalls in der nächsten Instanz ein Freispruch. Der Schmuck, den die in Bremen gefunden haben, war kein Beweis mehr – weil mit illegalen Methoden beschafft. Bingo. Freispruch aus Mangel an Beweisen. Rechtsgültig frei. Das war eine ganz heiße Nummer damals.

Alfred Paschke

Ich hör' Ihnen jetzt schon die ganze Zeit zu. Kampf dem Überwachungsstaat. Was für eine gequirlte Scheiße reden Sie da eigentlich! Haben Sie sich schon mal überlegt, was das für uns alle bedeutet hat? Für den Steuerzahler? Nein, natürlich nicht, Sie zahlen ja keine Steuern. Rund zwei Millionen Mark Haftentschädigung fielen an. Stattliche Summe, nicht wahr? Für etliche Millionen ist Ware weg und zwei Millionen schmeißt man dem feinen Herrn noch hinterher.

Ewald Müller

Von Ihnen lass ich mich nicht anpöbeln! Ich geh' jetzt. Bei mir im Laden stehen die Kunden garantiert schon Schlange.

Aber apropos Geld: Die zwei Millionen Haftentschädigung musste der René an seine Gläubiger weiterreichen. Lieferanten und so. Von dem Geld hat er nichts behalten. Keinen Pfennig. Das muss ja auch mal gesagt werden.

Irene Seifeld, Serviererin, 34 Jahre

Selbstverständlich können Sie morgen wieder den

Platz links vom Eingang haben. Da sitzt man schön ungestört.

Ob der René öfter hier war? Zusammen mit einem Claude? Das weiß ich nicht. Aber meine Mutter vielleicht, die hat alles genau verfolgt und sogar alle Zeitungsartikel aufgehoben und eingeklebt. Die kannte ja alle persönlich. Jedenfalls fast alle. »Wann werd ich jemals wieder mitten in einem Krimi stehen?«, hat sie nicht nur einmal gesagt.

Natürlich kann ich fragen, ob Sie sich die Artikel angucken können. Ich will ja nicht neugierig erscheinen, aber warum interessieren Sie sich eigentlich so dafür, ich meine …

Ach, Ihr Onkel hatte etwas mit dem Fall zu tun. Und der Freund ihres Onkels auch. Alle Wege führen nach Istanbul. Nein, ich wollte jetzt keinen Witz machen. Aber ist ja irgendwie seltsam, dass Sie als Türkin … ich meine ja nur. Entschuldigung … ich muss mal nach hinten.

*

Marga Seifeld, 62 Jahre

Meine Tochter hat mir schon erzählt, dass Sie halbe Tage hier im Teestübchen verbringen und mit Leuten über damals plaudern. Hab Sie gleich erkannt. Naja, ist ja auch kein Wunder, mit meinem Ordner auf dem

Tisch. Einer Ihrer Verwandten hatte was mit dem Fall zu tun, sagt meine Tochter. Die Welt ist wirklich klein.

Aydin und Nevzat. Nie gehört.

Wie bitte? Der Aydin und Ihr Onkel, der Nevzat, haben den Raubüberfall damals auf den Juwelier am Kröpcke begangen. Das soll ein Auftragsüberfall gewesen sein? Vom Juwelier selbst bestellt. Das glaub' ich jetzt echt nicht.

Moment. Hab ich das richtig verstanden? 225.000 Mark sollten die beiden dafür bekommen, dass sie den Überfall vorgetäuscht haben. Aber nach getaner Arbeit gab es kein Geld und Ihr Onkel wollte den Juwelier deshalb hochgehen lassen. Hast du das gehört, Irene? Bestellter Überfall ... Ich weiß nicht, was ich davon halten soll. Aber warum erzählen Sie mir das?

Ihr Onkel wurde kurz darauf ermordet? Jetzt noch einmal ganz langsam. Der René hat über Mittelsmänner den Aydin und Ihren Onkel beauftragt, den Überfall vorzutäuschen. Und danach hat der René dem Aydin aufgetragen, Ihren Onkel zum Schweigen zu bringen? Erzählen Sie das wem anders. Das ist ja hahnebüchen. Das kann ich mir echt nicht vorstellen. Das wäre ja ...

Der Aydin hat Ihren Onkel, seinen Kumpel also, nach Istanbul in ein Hotel gelockt, ihm einen Schlag mit dem Schraubenschlüssel verpasst und dann erdrosselt. So ein Mord ist ... aber das beweist nichts von dem, was Sie hier behaupten. Passen Sie auf, dass man Sie nicht noch wegen Verleumdung drankriegt.

Um Gottes Willen! Das wird ja immer doller. Dieser Aydin hat Ihren Onkel erst ermordet und ihm dann den Mund mit Zwirn zugenäht? Mit grobem Zwirn! Irene, bring mir mal einen Aquavit. Das glaub' ich jetzt wirklich nicht. Grober Zwirn.

Prost. Das tut gut. Möchten Sie auch einen? Raki gibt es hier nicht. Irene, schenk mir gleich noch mal nach.

Der hat dem wirklich den Mund zugenäht? Warum?

Das ist eine beliebte Mafia-Strafe für Leute, die zu viel reden? … Gucken Sie nicht so. Ich hab mich nur geschüttelt, weil ich manchmal auch zu viel rede. Jetzt noch einmal ganz langsam. Für Begriffsstutzige. Dieser Aydin hat sich also gleich nach der Tat der Polizei gestellt. Von Reue und Zweifeln getrieben.

Das kommt mir nun aber wirklich komisch vor. Warum hat der denn diese harte Nummer mit Ihrem Verwandten durchgezogen, mit dem Garn und so, wenn er gleich danach alles gesteht?

Ach, der behauptet, Ihr Onkel habe ihn beleidigt und deshalb … Klar, der hat gehofft, dass er mit dieser Ehrenmordnummer durchkommt. Sie haben mich nicht verstanden. Ich nuschel so. Macht nichts. Was ich sagen wollte, also, ehrlich gesagt, glaub' ich die Geschichte nicht. Wenn das stimmt, dann würde hier doch längst die Hölle los sein. Ist zwar alles schon ein paar Jahre her, aber … was… die Deutschen wollten die Spur nicht verfolgen? Na ja, wenn der Juwelier rechtskräftig freigesprochen ist … Kann ich verstehen. Behörden. Die wollen nicht mehr zu tun haben als unbedingt nötig. Logisch, dass die meinen, dass die Polizei in Istanbul für den Mordauftrag – wenn es denn überhaupt einen gegeben hat – zuständig sei.

Naja, die werden schon wissen, was sie sagen.

Ach so … Ihr Onkel wollte als Kronzeuge aussagen. Hmmh … Natürlich verstehe ich, dass Sie das mitnimmt. Muss man sich ja nur vorstellen, wenn da so einem mir nichts dir nichts der Mund zugenäht wird. Mit grobem Zwirn. Da mag ich gar nicht dran denken. Was ist das denn? Schaun Sie mal nach draußen. Da ist ja ein riesiges Polizeiaufgebot. Die stürmen alle nebenan in den Laden. Was die da wohl wollen? In der Goldschmiede wird doch gerade alles renoviert. Jetzt kommen noch mehr Polizisten. Und sehen Sie da! Wieso ziehen die sich alle weiße Overalls an?

Ewald Müller

Sind Sie jetzt eigentlich auch jeden Tag hier? Ist keine Anmache, ich frag nur so. Darf ich Sie heute mal zu einem Tee einladen?

Irene, bitte einmal *Caribic Feuer* und einen Latte Machiato.

Caribic Feuer. Hört sich gut an. Das richtige Getränk

für eine Frau, die nichts anbrennen lässt. Schon gut. War ja nur ein Scherz. Haben Sie schon gehört? Die Maurer haben beim Umbau nebenan hinter einer Holzverkleidung einen Hohlraum entdeckt. Und was war drin? Schmuck. Und nicht zu wenig. Soll aus dem Raubüberfall von damals stammen. Sogar die Etiketten von dem René sind noch dran. Mann, Mann, Mann. Das nimmt und nimmt kein Ende. Bin gespannt, wie er sich dieses Mal rausreden will.

10 Jahre später, Oktober 2010

Alfred Paschke

Guten Tag. Nett, dass Sie sich mal gemeldet haben. Kinder, Kinder, wie die Zeit vergeht. Bloß hier im Teestübchen hat sich nichts verändert. Wenn die Laptops und Handys der Gäste nicht wären, würde man gar nicht merken, dass schon wieder zehn Jahre ins Land gegangen sind. Der Wein rankt immer noch am Haus hoch, jetzt im Oktober ist er am schönsten. Schaun Sie sich mal die Verfärbung an. Dieses Rot. Unglaublich.

Ich nehme heute auch mal einen Tee. Was können Sie mir denn empfehlen, Fräulein? *Leineperle*, hört sich gut an. Haben Sie auch Süßstoff?

Geht's Ihnen denn gut, junge Frau?

Na, hören Sie mal, Sie sind doch jung, was soll ich denn da sagen? Mein Magen macht immer mehr Probleme. Aber lassen wir das. Reden wir nicht über Krankheiten. Sie lässt dieser Fall anscheinend immer noch nicht los. Das ist nicht gut, dass Sie sich so an dieses Verbrechen klammern, auch wenn Ihr Onkel …

Natürlich weiß ich, was mit dem Schmuck aus dem Hohlraum nebenan geworden ist. Das Zeug liegt in einem Tresor im Amtsgericht, gut bewacht von dicken Mauern. Da kommt so schnell keiner ran. Zehn Kilo Schmuck sind schließlich kein Pappenstiel. Auf 700.000 Mark hat man das Zeug damals geschätzt. An manchen von den verpackten Tüten klebten sogar noch die Etiketten vom Juweliergeschäft am Kröpcke. Die Kollegen haben daraufhin das ganze Haus am Ballhof auf den Kopf gestellt. War ja früher die Werkstatt von Renés Vater. Alles haben sie auseinandergenommen und durchleuchtet. Mehr Schmuck haben sie trotzdem nicht gefunden. Der wirklich wertvolle Teil des Raubes bleibt bis heute verschwunden. Warum der, der den Schmuck dort versteckt hat – ich will ja hier keine Namen nennen – den Schmuck nicht früher abgeholt hat, wird wohl als ewiges Geheimnis in die Jagdgründe eingehen.

Mann, der Tee ist aber heiß. Wie ich sehe, nehmen sie immer noch so viel Zucker. Ja, ja, die Gewohnheiten. Die guten, wie die schlechten.

Die Schmuckstücke. Genau. Stundenlang haben Lieferanten und Experten dagesessen und Hunderte von

Schmuckstücken in die Hand genommen. Trotzdem konnte nicht alles eindeutig zugeordnet werden.

Ja, das Zeug liegt noch immer im Tresor, ordentlich verpackt in Tüten, damit der Schmuck nicht anläuft. Immer noch herrscht ein Durcheinander bei dem Anmelden von Besitzansprüchen. Etliche Lieferanten warten noch auf ihr Geld, außerdem gibt es Finderlohnansprüche.

Jaja, kaum vorstellbar. Ist aber so. Wert ist der Schmuck eh nur noch einen geringen Teil dessen, was er mal vor Jahren im Verkauf hätte erzielen können. Einschmelzen und verteilen ist deshalb das Wort der Stunde. Statt von 700.000 Mark redet man heute allerdings nur noch über 100.000 Euro. Der beraubte Juwelier will nichts von dem Erlös haben. »Am besten man spendet das ganze Zeug für die Krebshilfe«, soll er gesagt haben. Kann man ja auch verstehen. Der will nichts mehr davon hören. Ist ja auch schon über dreißig Jahre her. Auch die Staatsanwaltschaft hat die Ermittlungen wegen Raubes längst eingestellt. Ist ja alles verjährt. Trotzdem bleibt das Zeug weitere dreißig Jahre im Tresor des Amtsgerichtes liegen – man weiß ja nie.

Danach? Was danach? Dann kann sich der Staat freuen. Ganz einfach.

Ja, die Sache mit Ihrem Onkel … Verstehe. Das würde mir auch auf dem Magen liegen. Aber da kann man nichts machen.

Schuld und Sühne. Mädchen, Mädchen. Verbrechen und Strafe. Das sind große Worte. Dostojewski in allen Ehren, aber er ist ein Dichter. Misslingt das perfekte Verbrechen, heißt das noch lange nicht, dass der Täter gesteht. Auch auf heißen Kohlen kann man eine Sache aussitzen. Wie gesagt, da kann man nichts machen. Rechtsstaat ist Rechtsstaat.

Das tröstet Sie nicht? Aber vielleicht das, was mein Kollege Knackstedt gerne sagt: Justizirrtümer treffen nicht immer den Unschuldigen.

Bodo Dringenberg

Gaststätte: Kaiser (Nordstadt)

Kaisers Messer

»Wissen Sie, es war vor ein paar Wochen, Mittagszeit. Ich saß da oben, im vorderen Raum, an so einem schlichten Holztisch und ließ mir Bratkartoffeln mit Roastbeef schmecken. Köstlich! Um mich herum, im Hochparterreraum, eine Gruppe ›centrotherm‹-Techniker, Professoren, Eigenbrötler, Lehrer, Bauarbeiter, Künstler. Alles war wie immer ganz friedlich, und so gab man sich schnörkellosen Genüssen hin.

Über den pikanten Duft von Königsberger Klopsen mit Kapernsoße legte sich gerade unwiderstehlich das speicheltreibende Aroma von Currywurst – angeblich eine der besten überhaupt in der Landeshauptstadt –, als aus der Küche ungewohnter Lärm drang, Brüllen, Klirren und Gerumpel. Gleich danach flog die Schwingtür zum kleinen Flur auf und der Wirt tappte rückwärts heraus, blass im Gesicht wie Meerrettich an

Tafelspitz. Er rief in den kleinen Flur hinein: ›Ich? Ich dich fertigmachen? Womit denn? Bernd, Mensch, hör auf, du hast ja einen Knall!‹ Dann machte er kehrt und rannte die kurze Treppe durch den Tresenraum hinaus. Eine Sekunde später tauchte der weißgekleidete Koch auf, in der Rechten ein ellenlanges Küchenmesser. Unter der Tür blieb er stehen, schnaufte und stierte in den Raum. Wir, die Gäste, starrten zurück. Keiner von uns rührte sich zunächst.

Das musste eine Inszenierung sein, ein Spiel, Theater, eine überraschende Einlage des Chefs – so dachten wohl die meisten.

›Du verdammter Verräter, du falsche Sau, dich kriege ich!‹, brüllte der Koch, richtet das Kücheninstrument nach vorn, polterte ebenfalls die Stufen hinab und rannte raus.

Eine Minute lang passierte nichts außer viel mutmaßendem Gemurmel unter den Mittagsgästen. Dann stürzte der Wirt, nun mit rotem Kopf, durch den kleinen Flur wieder in die obere Gaststube zu uns herein. Der Wirt war offenbar über den Hof in das Haus zurück gerannt – die Lage war also ernst! Ein anderer Gast und ich hielten erstmal die Außentür im kleinen Flur zu. Gleich darauf wurde mehrfach ihre Klinke heruntergedrückt, dann ein Schlag gegen die Tür, ein kurzes ›Scheiße!‹ Pause. Ein dumpf gebrülltes: ›Ich kriege dich noch!‹

›Du bist besoffen, Bernd, das stimmt doch alles nicht‹, versuchte der Wirt ihn erneut zu beschwichtigen, während er zitternd sein Schlüsselbund hervorkramte. Schließlich gelang es ihm, abzuschließen. Noch einmal wurde an die Tür gehämmert, etwas Metallisches fiel zu Boden, gleich danach war Ruhe. Schwer atmend hielt der Wirt einen Moment inne. Dann eilte er aus dem Flur durch die Schwingtür in den Gastraum, treppab, am Tresen vorbei zur Eingangstür und sperrte auch diese von innen ab.

Zehn Minuten später klopfte es dort. Zwei per Handy alarmierte Streifenbeamte kreuzten auf, befragten in Ruhe den Wirt und die Gäste. Der ausgerastete Koch war ebenso verschwunden wie das enorme Küchenmesser. Wie sich herausstellte, war er kurzfristig für den plötzlich erkrankten, fest angestellten Koch bei Kaiser eingesprungen und hatte wahrscheinlich bereits alkoholisiert den Küchendienst angetreten.«

Der Erzähler hielt inne, nahm einen kleinen Schluck Guinness und wischte flink mit der Zungenspitze den Schaumstreifen von der Oberlippe. Seinem Pils trinkenden, aufmerksamen Zuhörer hatte man schon einiges über dieses ebenso originelle wie traditionspralle Ecklokal erzählt, das einst der Familie Kaiser gehört hatte. Deshalb hieß die Gaststätte Kaiser – niemals Kaisers, schon gar nicht Kaiser's! Der Pilstrinker war hier neu und neugierig auf die fast legendäre Gaststätte Kaiser, und sein Tresennachbar schien ihm das anzumerken.

Im Internet hatte der neue Gast erfahren: »Das Publikum ist traditionell bunt gemischt, bei Kaiser treffen sich der Student und der Professor, der Punk und der Geschäftsmann. Das Lokal ist fester Treffpunkt mehrerer Bürgerinitiativen und Vereine. Das Angebot an Spielen ist beträchtlich, der Mah-Jongg-Club hat hier sein Domizil. Der Wirt ist selbst begeisterter Mah-Jongg-Spieler.«

Im Universitäts- oder Studentenviertel der Nordstadt gelegen, war dieses Lokal von turbulenten Ereignissen umtost worden wie der Besetzung des Sprengelgeländes und diverser »Chaostage« in Hannover. In der Schaufelder Straße war nicht nur einmal Polizei mit schwerem Gerät aufmarschiert.

Einer dieser »Chaostage« war die später zur berüchtigten »Schlacht in der Nordstadt« hochdramatisierte Punk-Randale gewesen. Etwa zehn Meter vom Ecklokal entfernt, quer auf der Schaufelder Straße, hatten Punks eine Barrikade aufgehäuft. Hinter ihr, auf der Schaufelder Straße, ballten sich ihre schwarz-bunten Haufen, davor, vom Schneiderberg kommend, rückten die Hundertschaften der gepanzerten Polizei vor. Dann brannte die Barrikade, und viele gespannt lauernde Medienmenschen von Fernsehen, Presse und

Radio konnten ihrer Begeisterung kaum Herr werden, so etwas live zu erleben und dann verbreiten zu können. Tote oder optisch beeindruckende Schwerverletzte waren leider beim besten Willen nicht zu zeigen – es gab sie schlicht nicht. Die Barrikade in der Schaufelder Straße war übrigens die einzige brennende, die zudem relativ schnell polizeilich überwunden, gelöscht und geräumt werden konnte. Aber immer wieder dienten die TV-Aufnahmen dazu, Schlagzeilen, Eindrücke und Furcht auszulösen. »Hannover brennt« hieß die idiotischste Schlagzeile.

All das war neben der Gaststätte Kaiser geschehen, die weder von »anarchistischen Horden« geplündert, geschweige denn in Schutt und Asche gelegt worden war. Auch zu Zeiten der »Chaostage« oder verschiedener Besetzungen des Geländes der ehemaligen Schokoladenfabrik Sprengel ging es in ihr ruhig zu, roch es nach wie vor gut und verheißungsvoll. Zudem galt sie als beliebter Vermittlungsort zwischen Nordstädter Bürgerinitiativen, Hausbesetzern und Punks.

Von diesen Ereignissen hatte der neue Gast von einer Bekannten gehört, die seit Langem in der Straße am Schneiderberg wohnte. Sie hatte ihm das Bild einer gastlichen Insel und des Ausgleichs gezeichnet, das mit seinen ersten Eindrücken übereinstimmte. Und nun erzählte ihm ein alter Guinness-Trinker etwas von einer Messerattacke hier drin. Kaum zu glauben.

Ausgelöst worden war dessen Erzählung durch einen zum Tresen herüberdröhnenden Satz. »Wer weiß schon genau, wie du deinen Doktor ergattert hast!«, hatte ein untersetzter Mann mit grauem Stoppelbart gerufen. Alle am einzigen großen Tisch im Tresenraum, auch der Angesprochene selbst, lachten laut auf. Gemeinsam mit drei Frauen und drei Männern saß der Scherzbold um die Holzplatte und schien sich ebenso wie die übrigen Sechs königlich zu amüsieren.

»Ach ja, der Stammtisch«, bemerkte der Wirt halblaut, während er ein großes Gilde zapfte, »die Autoren haben gerade gefälschte Dissertationen beim Wickel.«

Neben dem neuen Gast saß ein Mann auf dem Hocker, schlank, mittelgroß, etwa Anfang Sechzig, und sagte, halb dem Wirt, halb dem jüngeren Pilstrinker neben ihm zugewandt: »Heißes Thema, hatten wir hier auch schon mal. Ganz heiß, ganz scharf.«

Der jüngere drehte sich dem reiferen Gast zu und sagte mit neugierigem Unterton: »Ach, tatsächlich?« Der Angesprochene nickte betont langsam und sagte: »Sie sind neu hier, nicht wahr.« Er wartete das Nicken ab und fuhr fort: »Ich bin hier seit Jahren Stammgast, wissen Sie. Ich komme fast immer zum Mittagstisch her und abends auch manchmal.«

Beiläufig warf der Wirt ein: »Es gibt leider immer weniger Leute, die eine Stammkneipe haben.«

Während dem neuen Gast auffiel, dass der Wirt offenbar extrem gut zuhören konnte, wandte sich ihm der Stammgast ganz zu und fragte: »Sagt Ihnen DISWRITE etwas? – Nein, ich sehe schon, vermutlich nicht. Aber Guttenberg oder diese Brüsseler FDP-Blondine – na?«

Der Lauschende nickte.

»DISWRITE vermittelte unter der Hand Aufträge für Dissertationen, erhielt von jedem Honorar dreißig Prozent und wachte darüber, dass ihr keine ›Schmutzkonkurrenz‹ in die Quere kam. Wie die illegale Firma das machte, blieb ihr Geheimnis, aber sie drohte angeblich allen, die an ihr vorbei arbeiteten, mit ›Liquidierung‹ – was auch immer das heißen mochte.

DISWRITE machte den Kunden vorher klar, dass sie mit ihrer Doktorarbeit und dem Titel nicht versuchen sollten, in der Wissenschaft Karriere zu machen. Nicht, weil sich an den Universitäten die belesensten und klügsten Köpfe ballten. Nein, einfach deshalb, weil die akademische Konkurrenz eifersüchtig auf und in die schriftlichen Elaborate schaut, um die Eigenheiten, Macken und Fehler des neuen Doktors zu kennen und diese später gegebenenfalls gegen ihn wenden zu können.

Eine fertig gekaufte Doktorarbeit von DISWRITE hingegen sei besonders für eine politische Laufbahn, den diplomatischen Dienst, im Management und in der höheren Verwaltung sehr von Nutzen. Auch im

Kulturbereich und in medialen Zusammenhängen könne man mit dem ›Dr.‹ vorm Namen seinen Äußerungen mehr Gewicht verleihen und dem entsprechend das Honorar einstufen. In all diesen Tätigkeitsfeldern käme es auf den akademischen Grad und Titel an, da die jeweiligen Chefs weder Zeit noch Lust noch Qualifikation genug hätten, um sich in eine mit Fußnoten gespickte Dissertation einzulesen.«

Der Stammgast hatte seinen Redefluss unterbrochen, um etwas Guinness zu schlürfen und daraufhin angeregt die dramatische Messerattacke auf den Wirt zu schildern. Er hatte seine Darlegungen damit beendet, der Koch habe »wahrscheinlich bereits alkoholisiert den Küchendienst angetreten.«

»Ja, leider, es war leider eine üble, eine traurige Geschichte, die sich damals hier abgespielt hatte«, fügte nun der Wirt hinzu und trug gleich darauf das frisch gezapfte Pils zum ovalen Tisch mit den sieben Autoren.

»Und was hat DISWRITE mit dieser Attacke zu tun?«, fragte der Lauschende.

»Moment, Moment, dazu komme ich noch«, erwiderte der Stammgast. »Der rasende Koch hieß übrigens Gaimer, Bernhard Gaimer, kurz Bernd. Bernd Gaimer hatte sich schon zu Zeiten seines Philosophie-, Mathematik- und Soziologiestudiums einen Namen gemacht. Erstens als brillanter Student und zweitens als einfallsreicher und leidenschaftlicher Hobbykoch. Seine Kommilitonen waren begierig, von ihm gegen einen entsprechenden Kostenbeitrag zum Essen eingeladen zu werden. Zu den Gleichaltrigen gesellten sich auch immer öfter Dozenten, die ein gutes Mahl ebenso schätzten wie ein anregendes Tischgespräch.

Gaimer war auch Weinkenner und Wagner-Fan, Wagner konnte er nie laut genug hören. Er war zudem ein systemsicherer Schachspieler und speziell in seiner Studienzeit auch ein gefürchteter Blitzschacher gewesen, der sich als solcher nicht wenige Getränke und Imbisse erspielt hatte.

Zweierlei aber verhinderte eine mögliche steile Karriere des meistens ruhigen, freundlichen und zugänglichen Bernhard Gaimer. Manchmal soff er derart, dass er sich am nächsten Tag nicht mehr an die vorherige Nacht erinnern konnte. Das andere waren zwar seltene, aber ohne Vorzeichen ausbrechende Panikattacken. War er dabei allein, verbarg er sich vor allen und winselte halblaut vor sich hin. War er aber unter Leuten, so konnte dieser Zustand in einen unkontrollierten Aggressionsausbruch münden.

Gleichwohl wurde Gaimer so etwas wie ein Star unter seinesgleichen, bis er eines Nachts unter Einfluss von großen Mengen Barolo einen Professor hohnlachend einen ›alten Schwätzer, kleinen Epigonen und Flachdenker vom Gröbsten‹ schalt, der am besten Harakiri machen solle, um wenigsten eines ehrenvollen Gedenkens der Philosophischen Fakultät gewiss zu sein. Damit war die gesellschaftliche Alphastellung in seinen Kreisen dahin, auch wenn sich Bernd anderntags an nichts mehr erinnern konnte oder mochte.

Er verschwand für einige Jahre aus Hannover, machte seine Hochschulabschlüsse angeblich an der Universität Göttingen und tauchte erst im vorletzten Sommer wieder in Hannover und auch hier in der Gaststätte auf. Dort hatte er nach wie vor einen guten Ruf, sowohl als Gast als auch als Teilzeitkoch, der einsprang, wenn die Stammbesetzung unvollständig war oder besonders große und anspruchsvolle Gesellschaften die Gaststätte Kaiser in Beschlag nahmen.« Der Stammgast schüttelte bedauernd den Kopf und fügte hinzu: »Der war wirklich gut in der Küche. Unser Wirt hier, als Koch und Schlachter ein echter Fachmann, verwendet nur einwandfreie Zutaten und nimmt nur Könner in seine Küche auf. Und Bernd war tatsächlich einer.

An manchen Abenden hockte er auf der kleinen Bank am Tresen mit einem älteren Kumpel und einer ebenfalls nicht mehr jungen, aber aufgetakelten Frau. Die Drei waren ein verschworener Haufen, wie es schien. Sie, Solveig Cassel, war Anfang Fünfzig, schlank, langes schwarzes Haar, sah aber immer noch gut aus und sprach leise mit einer angenehmen dunklen Stimme. Auffallend bei ihrer aparten Erscheinung waren ihre gepflegten, aber bemerkenswert kräftigen Hände. Sie hatte in der DDR Slawistik studiert, war aber noch vor ihrem Examen zur Hochseefischerei gegangen. Sie hatte dort unter üblen Bedingungen geschuftet, wie sie manchmal erzählte. Wochenlang unterwegs, Schichtarbeit mit wenigen Frauen und vielen rauen Typen, alles nur mit dem Ziel, in einem neutralen Land von Bord zu flüchten. 1988 klappte das in einem schwedischen Hafen. Von dort kam sie dann hierher, nach Hannover.

Der Dritte im Bunde, ein gewisser Karl Patzke, verjubelte angeblich seine fette Erbschaft oder auch nur die Bankvollmacht seiner Großmutter – ganz klar war das nicht. Es wurde viel gescherzt. Er selbst gab sich als ›freischaffender Philosoph‹ aus.

Die drei nächtlichen Tresengäste tranken gemächlich, unterhielten sich halblaut über irgendwelche philosophischen Probleme, übers Essen, über Weine und immer wieder über den ›blöden akademischen Betrieb‹, wie sie es ausdrückten. Manchmal warf die Frau mit dem langen, pechschwarzen Haar russische Brocken ein, über die dann leise, aber heftig debattiert wurde. – Doch zurück zu Bernds Messerangriff gegen den Wirt.

Die Polizei nahm Gaimer am nächsten Tage vorläufig fest. Der lag in seinem großzügigen Loft und schlief seinen Rausch aus. Bernhard Gaimer konnte sich mal wieder nicht an das erinnern, was er während seines

Rauschs angerichtet hatte. Da er einen festen Wohnsitz hatte und nicht vorbestraft war, wurde er nach einer kurzen Befragung wieder freigelassen. Der Wirt verzichtete zwar auf eine Anzeige, aber Gaimer bekam striktes Lokalverbot, klar. Zu all dem muss man die Vorgeschichte mit DISWRITE kennen. Die erzähle ich Ihnen gleich, ich muss nur mal eben aufs Klo.«

Der Stammgast entfernte sich mit schwerfälligen Schritten vom Tresen und der Neuling im Kaiser dachte, der muss ja eine Sextanerblase haben. Nachdem er ein weiteres großes Pils geordert hatte, nahm er die Speisekarte zur Hand und blätterte durch die Seiten: Biere vom Fass, traditions- wie lokalbewusst Gilde Ratskeller und Herrenhäuser, aber auch Jever, Prager Staropramen und Guinness wurden gezapft. Unter den Speisen stand der Sonderwunsch-Passus: »Kann ich bitte Bratkartoffeln anstatt … haben«, samt des Zusatzpreises von einem Euro. Das war nicht nur deutsch, sondern dreisprachig ausgedruckt. Der »EXPO-Teller« etwa entpuppte sich – wenig schmeichelhaft für Hannover 2000 – als frugale Pommes frites mit Mayonnaise, Schweinekrustenbraten satt gab es jeden Sonntagabend ab 18 Uhr. Insgesamt prunkte diese Speisegaststätte nicht mit Gemüse- oder Salathaufen, sondern die angebotene Flora hatte ihren Platz neben – so betonte der Wirt gerade einem anderen Gast gegenüber – sorgfältig ausgewähltem und zubereitetem

Fleisch und anderem Grundsoliden. Auch fleischlose Gerichte wurden angeboten, so etwa Maultaschen. Der zum Fenster hin abgewinkelte Tresen mit hölzernem Überbau erinnert an ein Pub, und auch die fish and chips sprachen für eine englisch-irische Connection der Gaststätte Kaiser. Bevor er sich auf das disparate Bildwerk des Lokals einlassen konnte, kam der Stammgast zurück.

Er setzte sich wieder neben seinen erwartungsvollen Nachbarn und sagte nachdenklich: »Eigentlich mag ich hier besonders das Essen. Die Bedienungen, die zusammengebastelte Einrichtung und das Gemisch der Gäste behagen mir ebenfalls, obwohl ich einzelne von denen gar nicht so gut abkann.«

Der Wirt, der tatsächlich fast alles mitbekam, warf routiniert ein: »Man kann sich seine Gäste nicht aussuchen« und fixierte für einen Moment seinen offenbar altbekannten Stammgast. Der lächelte nur in den Mundwinkeln und bemerkte gegenüber seinem Zuhörer: »So ist das. Das sagt er seit Jahren. Aber seit Kurzem auch schon mal: ›Köche sind immer für Überraschungen gut.‹ Und da wären wir schon wieder beim Messerhelden Bernd Gaimer.

Denn dieser Gaimer war nicht allein ein guter und gewissenhafter Teilzeitkoch, sondern zugleich Ghostwriter für hoch ambitionierte, aber eben wissenschaftlich indisponierte Titelbedürftige.«

Er brach ab, leerte genüsslich sein Glas und bestellte ein neues Guinness. Er schien auf eine Nachfrage seines Zuhörers zu warten und schwieg. Letzterer gönnte ihm eine Pause und richtete sein Augenmerk auf das große Ölbild rechts vom Tresen, das wohl einen stolzen Offizier aus dem 18. Jahrhundert zeigte. Wie war der hierher gekommen? Noch vielfältiger als die Speisekarte erschienen ihm die Fotos, Gemälde und anderen Bilder an den Wänden. An der oben durchbrochenen Wand über dem ovalen Tisch mit Bank im vorderen Raum etwa hingen alte und neue Fotos von Sportmannschaften. Warum hingen die hier? Eine unbeschreibliche Stilvielfalt von Bildlichem schmückte die Wände, die nichts weniger als Zuneigung zu diesem Lokal und seiner langen Geschichte bildlich werden ließ. Eine Assemblage, etwas von Alltags-Fluxus, vielleicht eine Makro-Collage, gar nicht so weit weg von Schwitters wuchernden Arbeiten. Er schob diesen Einfall zur Seite und fragte: »Und was ist nun aus diesem Gaimer geworden?«

»Zwei Tage nach seiner Messerattacke wurde Bernd Gaimer frühmorgens in der Schaufelder Straße mit durchschnittener Kehle aufgefunden. Ausgerechnet auf dem Bürgersteig nahe der Gaststätte Kaiser, dort, wo mal die Barrikade gebrannt hatte. Bernd lag in einer schon angetrockneten Blutlache und seine Kehle klaffte weit auseinander. Der Fundort der Leiche sei zweifelsohne auch der Tatort, meinte die Kripo. Die vermutliche Tatwaffe, ein großes, sehr scharf geschliffenes Küchenmesser, fand man im Abfallbehälter dieses Lokals. Fingerabdrücke auf ihr fehlten, aber die Blutspuren auf Schneide und Heft verwiesen eindeutig auf den Getöteten.

Die rechtsmedizinische Untersuchung ergab, dass ein einziger Halsschnitt bis auf die Wirbelsäule, beigebracht mit einem sehr scharfen Messer, den Tod herbeigeführt habe. Die schräge Schnittrichtung von rechts oben nach links unten sprach ebenso gegen einen Selbstmord des Rechtshänders Gaimer wie das im Abfallbehälter der Gaststätte aufgefundene Küchenmesser, das eindeutig als Tatwaffe identifiziert wurde. Ausdrücklich festgestellt wurde, dass alles auf einen ›sauberen fachmännischen Schnitt‹ hindeute. Als Pointe galt den Ermittlern, dass das Schneidwerkzeug nicht allein aus der Gaststättenküche stammte, sondern auch das Messer war, mit dem der Teilzeitkoch Gaimer seinerzeit auf den Wirt losgegangen war und das seit jenem Abend als verschwunden galt.

Der Wirt, der ja auch gelernter Schlachter war, wurde trotz seines festen Wohnsitzes vorläufig festgenommen, weil man ihn für dringend der Tat verdächtig halten musste. Großer Blödsinn, diese Festnahme. Für so eine platte Tat ist unser Wirt einfach viel zu schlau«, fügte der Erzähler kopfschüttelnd hinzu und tippte sich flüchtig an die Stirn. »Als ob ausgerechnet dieser Wirt ein Halsabschneider wäre. Einfach lächerlich. Er kam ja auch schnell wieder frei, denn aus dem Tatverdacht war schnell die Luft raus.

Seine Frau gab ihm ein glaubhaftes Alibi für die ganze Nacht und außer dem Messer und dem doch etwas zu offensichtlichen Tatort sprach alles für die Unschuld des immer umgänglichen Wirts. Eine Rentnerin von gegenüber hatte gegen drei Uhr morgens eine Art geflüsterten Streit vor der Gaststätte gehört. Sie hatte nichts verstanden, war aber kurz ans Fenster getreten und hatte nach unten geschaut. Sie war sich sicher, dass keine dieser Gestalten der Wirt gewesen war. Beide Streithähne seien kleiner und einer schmaler als der Kaiser-Chef gewesen. Die spätere Tat habe sie nicht beobachtet, nur eben diese merkwürdig leise Auseinandersetzung davor.«

»Jetzt müssen Sie mir endlich mal verraten, warum dieser Bernd damals auf den Wirt losgegangen war.«

»Ja, warum? Es war banal. Bernd hatte den abstrusen Gedanken gehabt, dass der Wirt ihn irgendwie wegen DISWRITE angeschwärzt und seine Partnerin Solveig heimlich gegen ihn aufgehetzt hätte. Das hatte sich bei ihm zur fixen Idee verdichtet, dass ihm der Wirt seinen Küchenlohn vorenthalten würde, wenn er, Bernd, nicht ihre finanziellen Forderungen erfüllte. Denn Gaimer hatte einige Wochen vor seinem kriminellen

Auftritt, nächtens am Tresen hockend und unziemlich angetrunken, dem Wirt und mir gegenüber angedeutet, dass er ›auch Akademiker herstelle, mit feinsten Zutaten, versteht sich. So scharf wie ein exzellentes Küchenmesser, so muss dabei auch der Verstand sein. Eine feste Abfolge ist einzuhalten, damit eine imponierende In-au-gu-ral-dis-ser-ta-ti-on zubereitet werden kann, verstehst du? Gewürze sind die Zitate und nie logisch ganz entschlüsselbare, uneindeutige, gedrechselte Sätze. Was meinst du, wie das beim gewöhnlich überlasteten Doktorvater zündet!‹, lachte er und legte nach: ›Glaubt ihr wirklich, dass dieser ab und zu Guttenberg seine Doktorarbeit à la Frankenstein selbst zusammengeflickt hat? Die meisten fragwürdigen, zweifelhaften Dissertationen der Wirtschafts- und Politprominenz werden ja nicht von den ehrgeizigen Hanseln und Tussen selbst zusammengekleistert. Nein, die lassen kleistern, kleben, basteln, paraphrasieren und oft nur scheinbar schlau umformulieren aus dem, was an bereits veröffentlichten Zutaten vorhanden ist. Nein, die lassen gegen bar auf Zitate scheißen!

Websites, die scheinbar oder wirklich legal beim Promovieren helfen, gibt es mittlerweile zuhauf. Aber das wahre Geschäft passiert im Dunkeln. Da werden belesene, formulierungsstarke Ghostwriter angeheuert, welche die Mühen der Wüsten von Fachliteratur nicht scheuen. Wissenschaftliche Trockenzonen durchziehen sie diagonal lesend und aus den meist spärlichen gedanklichen Oasen greifen sie die Früchte ab und bereiten sie für eine neue Inauguraldissertation zu. Denn die einen sind im Dunkeln und die andern sind im Licht. Und im Dunkeln operieren einige hochqualifizierte Fachleute für doppelten wissenschaftlichen Betrug.‹ – So redete der, quasi aus dem Nähkästchen.«

Die sieben Personen vom Stammtisch brachen nun auf, zahlten und verließen unter Gelächter das Lokal. Der Erzähler nickte ihnen kurz zu und sprach leiser weiter: »Gaimer war, wie schon gesagt, in seinen letzten Lebensjahren nicht bloß Teilzeitkoch gewesen, sondern auch zugleich Ghostwriter für intellektuell übersichtliche Ehrgeizlinge. Die Kripo kannte zwar DISWRITE, die Staatsanwaltschaft hatte aber bisher keine Ermittlungen gegen die Firma geführt. Zunächst nahm sie an, dass Gaimer irgendetwas Entscheidendes von der einschlägig bekannten Firma verraten oder einen Kunden erpresst habe und deshalb umgebracht worden sei.

Es waren, wie man heute weiß, immer mehrere Probleme bei DISWRITE zusammengekommen. Die in letzter Zeit als Plagiate entlarvten Doktorarbeiten, waren größtenteils von Mitarbeitern der DISWRITE zu verantworten. Mit diesen entlarvten Plagiats-Promis war eine Lawine losgetreten worden, die ein einträgliches Geschäft bedrohte! Natürlich konnte niemand sagen, dessen Doktortitel man anzweifelte, dass die Arbeit ja gar nicht von ihr oder ihm stamme. Insofern blieb die Firma für Promotionserzeugung noch unerkannt.

Da aber die Qualität der fremd verfassten Dissertationen nachließ, fürchteten die unfreien Mitarbeiter und ›Reader‹ um künftige Aufträge. Manch Ghostwriter war nicht gut genug in Form, ließ seinen Kunden quasi ins offene Messer laufen, denn die Internet-Analysen mit VroniPlag und Ähnlichem entlarvten die Abschreiber. ›Copy & Paste‹ schien sich auch als Arbeitsweise bei DISWRITE etabliert zu haben, ein Vorgang, der das Ghostwritertum in die Sackgasse führte! Wenn nun wegen diverser Skandale künftig noch eine eidesstattliche Erklärung zur Dissertation vorgeschrieben werden würde, drohe dem Plagiator eine ruinöse Gefängnisstrafe. Damit gelange auch DISWRITE aus der gesetzlichen Grauzone direkt ins kriminelle Milieu.

Dass einige ›Doktoren‹, die ihre Dissertation bei DISWRITE hatten verfertigen lassen, jetzt erpresst wurden, kam hinzu: Man werde ihren titelschweren Namen ruinieren, falls sie nicht zahlten. Einer dieser illoyalen irren DISWRITER komme wahrscheinlich aus Hannover. Das alles hatte ein Insider, ein Informant, ausgeplaudert.«

»Wenn diese DISWRITE-Bande Bernd Gaimer umgebracht hat, dann ist das doch jetzt schon eine kriminelle Vereinigung, ein Fall für die Staatsanwaltschaft«, warf der Gast ein.

Der Erzähler schüttelte den Kopf. »So weit kam es damals nicht. Zwar war es Mord, eindeutig, der aber doch anders motiviert war, wie die Kripo schließlich herausbekam. Ich erwähnte ja vorhin diese Solveig. Die muss sich das scharfe Messer Bernds angeeignet haben, das er damals hier im Flur fallen gelassen hat. Sie hatte es seitdem wohl als Waffe mitgeführt, auch als sie, nach Mitternacht aus der Gaststätte kommend, auf den wartenden Bernd getroffen war. Der wollte sie dort vermutlich zur Rede stellen oder vertrösten, rein durfte er ja nicht. Ihr Mordmotiv wird Rache für unbezahlte Übersetzungen aus dem Russischen gewesen sein, die Bernd von ihr bekommen hatte. Bernd verhökerte nämlich bislang unübersetzte russische Abhandlungen an Kollegen von DISWRITE, die diese als Steinbruch für weitere Verwertungen ansahen. Anfangs muss er Solveig entlohnt haben, dann aber nicht mehr. Solveig brauchte das Geld dringend, Bernd hielt sie hin.« Unerwartet hob sich seine Stimme: »Er hat die Wissenschaft betrogen, die unfähigen Doktoranden betrogen, die DISWRITE betrogen und Solveig betrogen. Mehr Schweinerei geht ja wohl kaum.«

Der erregte Stammgast nahm einen tiefen Schluck

und fuhr ruhiger fort: »Unser Wirt hier, der nicht allein Englisch und Französisch spricht, sondern sich auch mit Russisch auskennt, hatte ab und zu den sehr leise ausgetragenen Streit zwischen Bernd und Solveig mitgekriegt. Sie hatte mehrfach bei ihm nachgehakt, wann sie endlich das Geld für das ›Russenmaterial‹ sieht. Der Wirt hatte das nach dem Mord an Bernd und dem Verschwinden Solveigs einem ermittelnden Beamten auf Befragen mitgeteilt. Das war das eine. Das andere war, dass Solveig einmal auf Bitten Bernds hin in der Küche beim Zubereiten mehrerer kiloschwerer Hechte geholfen hatte. Und der Wirt war völlig fasziniert, wie genau und geradezu blitzartig diese Frau die Fische aufschnitt und zerlegte. So etwas hatte er noch nicht gesehen. ›Als ob sie ein Samuraischwert führt‹, erzählte er damals mehreren Gästen. Solveig beherrschte kurze, saubere Schnitte aus dem Effeff. Einer von diesen Gästen muss das der Kripo gesteckt haben. Solveig sollte nun als Tatverdächtige festgenommen werden, aber sie war unauffindbar.«

Der offenbar nun seelisch aufgewühlte Erzähler trank sein Glas leer und setzte es hart auf dem Tresen ab.

»Solveig blieb übrigens seit dem Tod Bernds spurlos verschwunden. Es gibt Gerüchte aller Art, warum. Einige haben sogar den Verdacht, sie sei von DISWRITE aus dem Verkehr gezogen worden, um die Hannover-Connection zu kappen. Ein bisschen fantastisch und zudem unbewiesen. – Aber ich muss jetzt los. Sie können ja über das Ganze noch in Ruhe nachdenken.«

Während sich der Stammgast erhob und seine Jacke überzog, sagte er: »Ich mache Ihnen einen Vorschlag, ich zahle für uns beide und Sie geben mir dann Ihren Anteil an der Rechnung.«

Der Gast stimmte zu, ging mit zum Tresendurchgang, damit dort, wie bei Kaiser üblich, abgerechnet wurde. Die Zeche belief sich insgesamt auf 28 Euro, die der Stammgast beglich. Dass er danach vom Wirt eine grün-blau schillernde Kunststoffmünze erhielt, ließ den neuen Gast stutzen. Er zeigte fragend auf das mit einer großen Eins versehene Plastikscheibchen, während er dem Stammgast seinen Anteil von elf Euro aushändigte.

»Das ist ein Kaisereuro, den gibt's ab 25 Euro Verzehr. Den brauchen Sie nur, wenn Sie häufig hierher kommen, sonst nützt er Ihnen gar nichts. Und verdient habe ich mir den doch – oder? Schönen Abend noch.« Ohne weitere Worte verließ der Stammgast das Lokal. Der Wirt hatte auch diese Erläuterung mitbekommen und vervollständigte sie: »Ganz früher gab's den Kaisertaler ab fünfzig Mark Verzehr. Seit einigen Jahren den Kaisereuro ab 25 Euro Zeche. Wenn Sie 13 zusammen haben, bekommen Sie 10 Euro.«

Der neue Gast überflog die prozentuale Ermäßigung

und kam auf etwas mehr als drei Prozent. Gar nicht schlecht, diese Kundenbindung und der Stammgast ist wirklich clever, dachte er noch, als ihn der Wirt erneut ansprach: »Ich weiß gar nicht, was der Ihnen alles erzählt hat. Den Mord vermutlich, damit beschäftigt er gern neue Gäste in der Gaststätte Kaiser.«

»Woher weiß der eigentlich so gut Bescheid?«

Der Wirt lächelte vieldeutig und sagte nachdrücklich: »Ja, Karl Patzke ist clever, der weiß viel und kann auch viel erzählen. Was keiner wirklich weiß, ist, ob der gute Karl wirklich mal Kriminalbeamter gewesen ist. Sicher ist nur, dass er mal studiert hat. Angeblich – angeblich soll er sogar seinen Doktor gemacht haben. Und den ermordeten Koch hat er tatsächlich ziemlich gut gekannt, noch besser die verschwundene Solveig. Für die hat er sich immer stark gemacht. Wo die bloß geblieben ist?« Der Wirt zuckte mit den Schultern und machte eine bedeutungsvolle Pause. »Aber was soll's – als Wirt kann man seine Gäste nicht aussuchen und schon gar nicht suchen.«

Karola Hagemann

Gaststätte: Fiasko (Linden-Nord)

Fiasko

Endlich heraus aus dem Sturm und dem Regen. Er schüttelte seinen Schirm, bevor er ihn zusammenklappte, dann teilte er die dicken Vorhänge hinter der Eingangstür und trat ein. Wärme schlug ihm entgegen und eine köstliche Mischung aus dem Duft mediterraner Speisen und frisch gezapftem Bier. Ihm lief das Wasser im Munde zusammen, das war nach diesem verkorksten Tag genau das Richtige.

Er sah sich um. Zur Rechten ein abgetrennter Raum, zwei junge Leute saßen darin mit Zigarette in der Hand vor einem Glas Bier. Aha, der Raucherbereich. Er schnupperte. Nein, er roch nichts, das schien also zu funktionieren. Gut, dass es dieses Gesetz gab, das Menschen wie ihn vor dem Rauch anderer Leute Zigaretten schützte. Wenn es nach ihm ginge, dann müsste man dieses Übel ganz verbieten, und Raucherräume noch dazu. Sollten diese Luftverpester doch zu Hause bleiben.

Weiter hinten im Raum, ein paar Stufen hinauf, stand in einer Ecke ein Kaminofen, hinter dem Glasfenster prasselte ein Feuer, daneben war ein kleiner Tisch frei. Wunderbar, von dort aus hätte er einen guten Überblick. Man konnte ja nie wissen, vielleicht war ihm jemand gefolgt. Seit Längerem schon hatte er das Gefühl, dass man ihn überwachte, wer auch immer das war, seine Frau Heike, sein Chef, der Staat.

Er ging hinauf, schälte sich aus seinem feuchten Mantel, hängte ihn über einen Stuhl. Dann stellte er sich vor den Ofen, in dem dicke Holzscheite glühten, und hielt seine Hände über den wärmenden Stein. Welch eine Wohltat. Seine Beine wurden warm, seine klamme Hose begann sogleich zu trocknen, jedenfalls kam es ihm so vor, und er begann, sich besser zu fühlen. Vielleicht war doch nicht alles so aussichtslos.

Er setzte sich an den Tisch und griff nach der Karte. Konnte er schon ein Bier trinken? Welchen Eindruck würde das auf den Kunden machen? Aber wenn der schon als Treffpunkt eine Kneipe vorschlug … Etwas zu essen wäre auch nicht schlecht. Es roch so gut hier. Dolma, gefüllte Weinblätter, nun, das war nicht seine Sache, Köfteteller, war das das, was die dort hinten auf dem Teller hatten? Das sah gut aus, wie Frikadellen, mit Salat und Joghurtsauce, ja, das würde er nehmen.

War doch mal etwas anderes als die ewige Currywurst, die er in seiner Stammkneipe immer aß.

Die Bedienung, eine adrette junge Frau, kam und nahm die Bestellung auf. »Ratskeller oder Becks«, fragte sie, als er sein Bier bestellte. Nun, Ratskeller war gut und sicher preisgünstiger, das würde er nehmen. Nach dem heutigen Tage sollte er mehr auf seine Ausgaben achten. Scheißkerl, dieser Schulze, und so einer hatte eine Führungsposition inne. Dabei log und betrog der, wo immer er konnte. Verkaufte den Leuten wertlose Papiere als tolle Anlagen. Setzte seine Mitarbeiter unter Druck, Gleiches zu tun, allen voran ihn. Nur weil er den Kredit nicht schnell genug zurückzahlen konnte, ja, Gott, er hatte eben noch nicht genug Verträge verkauft. Aber das würde schon noch werden, er war auf einem guten Weg. Das war doch Überzeugungsarbeit, man musste das Vertrauen der Kunden gewinnen, das brauchte seine Zeit. Und es musste doch jeder einsehen, dass in der heutigen Zeit Finanz- und Versicherungsgeschäfte nicht mehr so flüssig liefen wie in den Jahren zuvor.

Er blickte auf die Uhr: 18:05. Gut, da hatte er noch eine Stunde Zeit, bevor sein Kunde hier eintreffen würde. Wenn er denn kam. Hier in Linden wusste man ja nie. Bestimmt war das so ein linker Lehrer mit langen Haaren, der ihn nicht in seiner Wohnung empfangen wollte, weil es da nach Hasch roch und die antiautoritär erzogenen Kinder ihn mit Holzbauklötzen bewerfen würden. Allerdings, wenn er sich umschaute, in dieser Lindener Kneipe sah es gar nicht so aus, wie er sich das vorgestellt hatte. Der gemütliche warme Ofen, an dem er saß, die Bilder an den Wänden, gar nicht mal so schlecht, das Publikum, viele Leute waren es noch nicht, sah ganz normal aus. Ein paar junge Menschen, Studenten wohl, ein paar ältere, die sich leise unterhielten, die Musik angenehm dezent im Hintergrund. Keine Punks, keine Langhaarigen, keine abgerissenen Nichtsnutze. Die Bedienung nett und adrett, eigentlich, so musste er zugeben, fand er diese Kneipe viel schöner als die bei ihm in Buchholz. Und keiner der Gäste schien ihn zu beachten. Gefolgt war ihm auch niemand, da war er sich sicher. Na bitte, alles nicht so schlimm, er bildete sich nichts ein, musste nicht zum Psychologen, wie seine Frau Heike es ihm angeraten hatte. So ein Blödsinn, er zum Seelenklempner, er war völlig normal. Außerdem, würde er dorthin gehen, stünde ja in seinen Krankenunterlagen ›fühlt sich verfolgt‹, und wer wusste heutzutage schon, wer alles Einblick hatte. Die waren doch alle vernetzt, Krankenkasse, Arbeitgeber, Staat.

Die beiden Damen, die am Tisch vor dem Fenster saßen und sich unterhielten, wären vielleicht gar potentielle Kundinnen. Sollte er sich dazugesellen? Die brauchten doch bestimmt noch eine Versicherung. Er strich sich durch das volle braune Haar, das er mit Gel zurückgestrichen hatte. Frauen mochten ihn, fanden ihn attraktiv, allerdings stammten die meist aus anderen Kreisen, gutbürgerlich eher. Ein wenig fehl am Platze kam er sich hier schon vor in seinem dunklen Anzug. Eine gänzlich andere Welt.

Doch zunächst sollte er sich auf den kommenden Kunden konzentrieren, die Damen mussten warten. Er holte sein iPad aus der Aktentasche, strich über das schwarze Gehäuse und schaltete das Gerät ein. Der Kunde, den er erwartete, hieß Andreas Buchmann, er hatte ihn über dessen Website kontaktiert. Buchmann warb darin für seine Tätigkeit als Mediator, als zertifizierter Berater für Paare mit Problemen. Das schien er nebenbei zu betreiben, denn eine Adresse war nicht angegeben, nur eine Telefonnummer und die E-Mail-Erreichbarkeit, eben wohl ein Lehrer mit Nebentätigkeit, wahrscheinlich nicht einmal angemeldet. Er kannte seine Klientel. Das waren ihm die liebsten Kunden, so halblegale, die verstanden, worauf es ankam. Diesem Buchmann würde er eine Geldanlage nahebringen können und vielleicht noch ein paar Versicherungen. Und dann könnte er immerhin einen Teil seines Kredites zurückzahlen, Schulze wäre zufrieden, und er würde aufsteigen in der Firmenhierarchie. Irgendwann hätte er mal Schulzes Stelle inne. Die Bedienung brachte das Bier, lächelte freundlich, als sie es vor ihm auf den Tisch stellte: »Bitte schön.«

»Danke.« Er hob er das Glas, sah zu den Damen am Fenster, nickte ihnen zu, lächelte sein unwiderstehliches Lächeln. Die Damen blickten etwas erstaunt, solche Freundlichkeiten schienen sie nicht zu kennen, doch dann nickten sie zurück, bevor sie sich wieder ihrem Milchkaffee und ihrem Gespräch widmeten. Nun ja, der Tag war noch jung. Lebensversicherung die eine, Hundehaftpflicht die andere, schätzte er. Vielleicht sogar, wenn er Glück hatte, einen Immobilienfond, die Damen sahen aus, als hätten sie genug Geld, brauchten nur noch eine kompetente Beratung. Solche Leute waren nur durch die schlechten Schlagzeilen der Branche in der letzte Zeit verschreckt, aber wenn man sie richtig nahm …

Das Essen kam. Köfte, dieser Duft, das Wasser lief ihm im Munde zusammen, und es schmeckte genauso gut, wie es aussah und roch. Die Frikadellen gut gewürzt und schmackhaft, der Salat frisch und knackig, das Cacik, türkische Joghurtsauce, köstlich. Warum kochte Heike, seine Frau, so etwas nicht mal? Aber die wollte ja nicht einmal in die Türkei in Urlaub fahren, immer nur Mallorca, Teneriffa, Ibiza. Und sonst ins Sonnenstudio. Und das Cabrio musste auch sein. Nur deswegen hatte er ja diesen Job angenommen, im letzten Jahr, nachdem er arbeitslos geworden war. Er hatte gezögert, aber Heike hatte ihn gedrängt, das sei doch ein super Angebot, das könne er nicht ausschlagen, in kurzer Zeit schon wäre er reich, er müsse nur genügend Leute werben am Anfang, das würde er doch wohl hinkriegen. Und keinerlei Risiko. Na ja, eigentlich nicht, bis auf diesen Kredit, den er bei seinem Arbeitgeber aufgenommen hatte, zu günstigen Konditionen, versteht sich, und den er jetzt zurückzahlen sollte. Nun, er bekäme das schon hin.

Da kam schon wieder einer in die Kneipe, der gar nicht danach aussah, als sei er ein armer Student. Wohlhabender Architekt eher, oder so etwas. Gehobener Mittelstand, da gab es etwas zu holen. Er aß das letzte Stück Köfte, trank sein Bier leer, winkte die Bedienung heran.

»Noch eines?«

»Ja bitte.« Er blickte auf die Uhr. Viertel vor sieben, gleich würde sein Kunde erscheinen. Vorsorglich rief er schon mal in seinem iPad die Übersicht über ihre neuesten Produkte auf, damit er nachher nicht lange suchen musste. Die Tür ging auf. War er das schon? Doch nein, es war eine Gruppe von vier Leuten, zwei Männer, zwei Frauen, die zielstrebig zu dem Tisch rechts am Fenster gingen. Sie riefen der Bedienung ein fröhliches »N'Abend, das Übliche« zu, gingen an ihm vorbei, musterten ihn, und die eine Frau raunte ihrer Freundin zu: »Ist wieder Messe?«

War das nun eine Beleidigung oder ein Kompliment? Von diesen Jeanstypen wohl eher kein Kompliment, aber sie blickten ihn nicht unfreundlich an, eher so, als sei er eine wohlgelittene Abwechselung. Sie packten Karten aus. »Mit oder ohne Neunen?« hörte er, aha, Doppelkopf wurde gespielt. Doppelkopfspieler waren häufig gute Kunden, fast so gut wie Skatspieler. Die würde er sich vornehmen, wenn sie etwas getrunken hatten. Das schien ein guter Abend zu werden, Heike würde zufrieden sein.

Jetzt kam ein Pärchen mit Hund, ein großes braunes Tier, mit hochstehenden Ohren, aber nicht reinrassig. Das sah er sofort. Na, konnte man in diesem Viertel wohl auch nicht erwarten. Sie setzen sich an den Nebentisch, der Hund nahm brav neben dem Stuhl des Besitzers Platz, schaute zu ihm herüber mit freundlichen braunen Augen. Ob die wohl eine Hundehaftpflicht hatten, oder eine Krankenversicherung für das Tier? Das war der große Renner im Moment, da hatte er einige Angebote in seinem iPad, und die Leute sahen so aus, als wäre ihnen nichts zu teuer für ihren Liebling. Denen würde er schon etwas erzählen, das sie überzeugte. Er lächelte.

Ein Blick auf die Uhr, 19:03. Jetzt müsste der Kunde aber langsam kommen. Hoffentlich war er nicht einer dieser unpünktlichen Gesellen, die zahlten nicht richtig, er würde eine Einzugsermächtigung anraten. Praktisch und unkompliziert. Und vielleicht konnte er noch ein wenig manipulieren. Ein weiterer Schritt zur

Rückzahlung seines Kredites und zu Heikes nächstem Urlaub. Er trommelte mit den Fingern auf den Tisch. Die Tür ging auf, doch wieder waren es nur zwei Frauen, die eintraten und mit einem freundlichen Gruß zur Bedienung hin gleich in das Raucherzimmer gingen. Ob er seinen Kunden, diesen Herrn Buchmann, versäumt hatte? War der, während er hier unaufmerksam die Leute beobachtete und seinen Gedanken nachhing, in den Raucherraum verschwunden? War heute überhaupt der richtige Tag, die richtige Zeit? Er rief seinen Kalender im iPad auf, doch, es müsste stimmen, am Donnerstag, den 27. November, 19 Uhr, sollte er Herrn Buchmann im Fiasko treffen, das war heute. Gab es vielleicht noch eine Kneipe, die Fiasko hieß, in Hannover? Er suchte in den gelben Seiten im Internet, nein, es gab nur dieses eine Fiasko. Herr Buchmann kam zu spät. Würde er überhaupt kommen?

Er strich sich über sein Haar, es lag noch gut, er spürte deutlich das Gel. Ganz ruhig. Alles würde klappen. Er würde diesem unpünktlichen Lehrer ein tolles Paket verkaufen, einen Immobilienfond, und Schulze wäre zufrieden. Lehrer waren eben unpünktlich, die kamen doch immer mindestens eine Viertelstunde zu spät, hatte er mal gehört. Ganz ruhig. Er nahm einen Schluck Bier. Was sagten die da am Nebentisch? Einen Frauennamen hatte er aufgeschnappt und die Worte »anrüchige Vergangenheit«. Die beiden lachten hämisch. Sollte doch etwas dran sein an dem Gerücht, das auch bei ihm in der Firma die Runde machte? Wenn es schon hier in Linden in aller Munde war … Vielleicht mal nachschauen? Er gab den vollen Namen der Person in die Suchmaschine ein, und siehe da, viele Treffer erschienen. Er rief den ersten auf, starrte auf den Bildschirm, das war doch nicht zu glauben, mein Gott, das war ja …

Eine nasse Hundeschnauze berührte seine Hand. Er erschrak, zog die Hand weg, stieß dabei den Hund an die Nase, der warf ihm einen vorwurfsvollen Blick zu, drehte sich um, peitschte zornig einmal mit dem Schwanz über den Tisch, das Glas fiel um, Bier ergoss sich über das iPad, und ganz, ganz langsam verschwand das Bild. Dann war der Monitor dunkel, das Gerät schaltete sich aus.

»Oh Arthur«, sagte die Frau vom Nachbartisch, »was hast du gemacht?«

Der Mann neben ihr sprang auf. »Das tut uns leid.« Er nahm eine Serviette und tupfte wild auf dem iPad herum. Schon kam auch die Bedienung mit einem Lappen und wischte das Bier weg. »Hat es Ihre Hose erwischt?«

»Nein.« Er schüttelte den Kopf, starrte noch immer auf den schwarzen Bildschirm. Was gäbe er darum, hätte es die Hose erwischt, aber nein, viel schlimmer, das Bier hatte sein iPad lahmgelegt. Oder war es ein

Virus, der sich installierte, wenn man auf diese Seite ging? War er jetzt registriert …?

Der Mann vom Nachbartisch überließ das Tupfen und Trocknen des Gerätes der Bedienung. »Es tut mir schrecklich leid. Der Hund ist aber auch ungeschickt, er ist noch jung, müssen Sie wissen. Ich bestelle Ihnen natürlich ein neues Bier. Und falls Ihr Gerät kaputt sein sollte, ich habe eine gute Versicherung. Hier ist meine Karte.« Er entnahm eine edel gestaltete Visitenkarte seiner Geldbörse. Dr. Jens Weber, Soziologe, stand darauf.

»Danke.« Mehr brachte er nicht heraus, steckte mechanisch die Karte ein. Gott, was war das gewesen? War die Seite überwacht? Wenn das der Chef mitbekam, er wäre ruiniert. Sofort müsste er den Kredit zurückbezahlen, seinen Job wäre er los, und wer weiß, welchen Sicherheitsdienst er auf dem Hals hätte.

»Alles in Ordnung mit Ihnen?« rief eine der Doppelkopfspielerinnen herüber. »Sie sind ja ganz blass!« Er nickte. Die Bedienung brachte ihm ein neues Bier und ungefragt einen Schnaps, er roch nach Anis, schmeckte gut. »Raki«, sagte die Frau, lächelte ihr freundliches Lächeln und verschwand wieder hinter den Tresen.

Der Hund Arthur hatte sich wieder neben sein Herrchen gelegt und blinzelte ihn böse an.

»Sind Sie Herr Müller?«

Ein mittelalter Jeansträger mit beginnender Stirnglatze, Bart und Brille stand vor ihm.

»Ja.«

»Buchmann mein Name. Entschuldigen Sie die Verspätung, aber mein kleiner Sohn hat noch gerade eine Flasche Saft zerschlagen. Die klebrigen Scherben lagen überall in der Küche. Sie können sich vorstellen …« Er setzte sich neben ihn, winkte der Bedienung. »Den trockenen Roten hätte ich gerne, und ein Wasser, bitte.« Dann wandte er sich ihm wieder zu. »Mein kleiner Sohn ist ein Nachzügler, wissen Sie. Meine zweite Frau … Darum wollte ich ja auch mit Ihnen sprechen. Ich möchte eine Lebensversicherung zu ihren Gunsten.«

Er schluckte. Ruhig jetzt, das war vielleicht seine letzte Chance. Hier ein guter Abschluss und alle Sicherheitsdienste der Welt könnten ihm nichts mehr anhaben. »Ja, Herr Buchmann, das ist natürlich kein Problem. Aber sagen Sie, kennen wir uns von irgendwoher?« Der Mann kam ihm irgendwie bekannt vor. Ein früherer Kunde? In der Kundendatei allerdings war er nicht, natürlich hatte er nachgeschaut. Und diese beiden unauffällig dreinschauenden Kerle an der Theke, die mit ihren Handys spielten. Waren deren Blicke nicht auf ihn gerichtet? Nahmen die womöglich sein Verkaufsgespräch heimlich auf? War dies vielleicht einer der Reporter, die in letzter Zeit hinter der ganzen Branche her waren? Vorsicht!

»Rauchen Sie, Herr Buchmann? Wollen wir vielleicht in den Raucherraum gehen, dort sind wir auch ungestörter.«

»Ja, gerne. Eine Zigarette ab und zu genieße ich durchaus.«

Er nahm seinen Mantel, steckte das iPad in die Aktentasche, hatte noch eine Hand für das Bier frei. Herr Buchmann ging ihm voraus, öffnete die Tür des Raucherbereiches. Auch hier war es nicht ungemütlich, Blumen vor den Fenstern, die zum Biergarten hinausgingen – sicherlich war es herrlich, im Sommer dort draußen zu sitzen und sein Getränk zu genießen –, Bilder an den Wänden, eine Leinwand, auf der Fußball geschaut werden konnte, alle Spiele von 96 wurden übertragen, wie ein Schild verriet. Die Luft war nicht so schlecht, wie er angenommen hatte, nur etwas kälter als im Gastraum. Er sehnte sich schon jetzt nach seinem Platz am Ofen zurück. Die beiden jungen Frauen, die vorhin hier hineingegangen waren, saßen vor einem Bier und steckten die Köpfe zusammen, sie kicherten leise. Sonst war der Raum leer.

Sie setzten sich an einen Tisch am Fenster. Gut, dass er noch die alten Prospekte dabei hatte und sich nicht nur auf das iPad verließ. Er holte sie aus der Aktentasche und platzierte sie auf dem Tisch.

Die Tür ging auf, herein kamen die beiden Kerle, die eben noch an der Theke gesessen hatten, nahmen einen Tisch etwas von ihnen entfernt und zündeten sich eine Zigarette an. Sie sprachen nicht miteinander, holten wieder ihre Handys hervor, tippten darauf herum. Ihm brach der Schweiß aus. Er nahm einen Schluck Bier. »Haben Sie eine Zigarette für mich, Herr Buchmann? Ich habe meine vergessen.«

»Aber natürlich.« Die Augenbraue zuckte ein wenig, als sein Gegenüber eine Packung hervorholte, die Zigaretten hervorklopfte und ihm anbot. Er nahm eine und zündete sie an der Kerze an, die auf dem Tisch stand. Hoffentlich merkte Buchmann nicht, dass seine Hände zitterten. Er zog an der Zigarette, versuchte nicht zu inhalieren, unterdrückte den Hustenreiz. Es war Jahre her, dass er geraucht hatte.

Buchmann nahm auch eine, lehnte sich zurück und nippte an dem Rotwein. »Was haben Sie denn so im Angebot, Herr Müller?«

Die beiden Kerle saßen immer noch, ohne zu sprechen, an ihrem Tisch. Egal, er tat ja nichts Illegales. Okay, manchmal waren die Methoden, die man anwenden musste, um zum Abschluss zu kommen, grenzwertig, aber »kriminell«, wie die Presse häufig behauptete, waren sie nicht.

»Das kommt auf Ihre Situation an, Herr Buchmann. Wir haben zum Beispiel ganz hervorragende Pakete, die alles abdecken.«

»Nun, ich bin Lehrer, besser gesagt, ich war Lehrer, ich bin krankgeschrieben, denke, ich werde bald frühpensioniert. Die Belastung, wissen Sie. Die Schüler sind heutzutage einfach unerträglich, und erst die Eltern … Ich habe mein Gehalt, das reicht gerade zum Leben. Aber ich habe auch noch ein wenig Geld … geerbt, das ich gerne anlegen möchte. Also vielleicht eine Lebensversicherung, wie ich schon sagte, oder eine gute Geldanlage.«

Das konnte nicht sein. Das war eine Falle. Das Fernsehen, eine Zeitung, eines dieser linken Magazine, was auch immer. Kein Mensch schloss mehr freiwillig mit ihnen einen Vertrag zur Geldanlage ab, ohne dass man ihn vorher wie mit Engelszungen dazu überredet hätte. Nicht in der heutigen Krise, nicht nach den vielen negativen Schlagzeilen, die die Branche gemacht hatte: *Überzogene Provisionen … Arme, rechtschaffene Leute um ihr Erspartes betrogen … Risikopapiere als sichere Altersversorgung verkauft …* und so weiter und so fort. Und der hier war keine vertrauensselige Alte, die sich leicht über den Tisch ziehen ließ, das war ein gut gebildeter Akademiker, Lehrer hin oder her. Das hier stank. Vielleicht hatten die die ganze Kneipe gemietet, alle hier sitzenden Personen gehörten zu ihrem Team, die Doppelkopfspieler, die Damen am Fenster, die jungen Mädels und natürlich die Kerle, die mit modernster Technik alles aufnahmen. Und dann auch noch die Sache mit der Internetseite ... Denn dass sie den Hund darauf dressiert hatten, das glaubte er nun doch nicht, er war ja kein Verschwörungstheoretiker. Aber alles andere. Morgen würde er sich im Fernsehen sehen können.

»Und meine Frau«, redete Buchmann weiter, »ist jung und möchte sich auch etwas dazuverdienen. Sie hat gehört, dass in Ihrem Unternehmen immer mal wieder Mitarbeiter gesucht werden, die, wenn sie gut arbeiten, rasch in der Hierarchie aufsteigen. Sie ist sehr kommunikativ, meine Frau, jung, sieht gut aus, sie würde viele neue Kunden werben und auch solche, die wiederum Kunden werben. Sie ist sehr gut in solchen Dingen, hat Erfahrung damit in einem Kosmetikunternehmen gesammelt, gute Kontakte. Können Sie mir da auch einen Weg empfehlen?«

Sein Kredit. Das war es ja, was am liebsten gesehen wurde, neue Mitarbeiter zu werben, für die man dann verantwortlich war, und die wiederum andere warben. Manche sagten, das sei ein Schneeballprinzip, könne nicht funktionieren, nur die ganz oben sahnten ab, aber es wurde von einigen Kollegen in der Firma erzählt, die dadurch wirklich gut verdienen sollten. Und wenn er diese Lehrersgattin warb, würde er bessere Konditionen bei Zinsen und Tilgung bekommen, eine dicke Provision kassieren, er würde eine Stufe der Leiter hinaufsteigen, er wäre Chef der ganzen Damen, die diese eine nach sich ziehen würde, und bald wäre er in der gleichen Position wie Schulze jetzt. Aber wenn es doch eine Falle war …?

Die beiden Kerle hatten ihre Zigaretten aufgeraucht und verließen den Raum, setzten sich wieder an die Theke zu zwei anderen. Die Mädels unterhielten sich leise. Er bildete sich Dinge ein, das war ja schon fast Verfolgungswahn, würde Heike sagen. Fernsehen! Er, ein kleines Licht in der Firma, als würden sie ihn aussuchen für so etwas. Dann doch eher einen wie Schulze. Nein, dies war die Gelegenheit seines Lebens, die musste er ergreifen. »Ja, wenn Ihre Gattin sich dafür interessiert, kann ich nur sagen, ist sie eine kluge Frau. In der Tat suchen wir immer Mitarbeiter, und solche mit Erfahrung im Verkaufsgeschäft sind uns natürlich die liebsten. Die Verdienstmöglichkeiten sind gut, sehr gut. Sie sehen es an mir. Warum ist Ihre Gattin nicht mitgekommen?«

»Na, sie muss ja auf unseren kleinen Sohn aufpassen, er ist gerade erst ein Jahr alt. Ich sollte einfach mal für sie fragen, was ich hiermit getan habe. Wir können ja einen Termin für sie abmachen. Doch nun zu meinem Anliegen. Wie sieht es aus mit einer guten Anlagemöglichkeit?«

Er blätterte in seinen Prospekten. »Dies hier ist ein

Immobilienfond, bei dem nichts schiefgehen kann. Sehen Sie, …« Er spulte alles ab, was er drauf hatte, er musste gar nicht nachdenken dabei. »Die Wirtschaft in den Schwellenländern boomt …, neue Bürogebäude …, ausländische Anleger … Und dieser Fond hier, eine Mischung aus Aktien aufstrebender Unternehmen aus Fernost und Erzeugern von erneuerbarer Energie …«

Der Mann, dessen Hund sein iPad ruiniert hatte, kam herein. »Ich darf doch«, sagte er, setzte sich zu ihnen an den Tisch, nickte Buchmann zu und erklärte: »Mein Hund Arthur hat nämlich eben ein Bier über sein iPad geschüttet, besser gesagt, mit dem Schwanz umgekippt. Ich habe ein mächtig schlechtes Gewissen.«

Er hätte ihm am liebsten das nächste Bier ins Gesicht geschüttet. Was kam der Mann gerade jetzt mit seinem schlechten Gewissen, einen unpassenderen Zeitpunkt konnte es gar nicht geben. »Ich werde später schauen, ob noch etwas zu retten ist.«

»Versuchen Sie doch mal, es hochzufahren, vielleicht geht es ja wieder. Sie haben sicher wichtige Dateien auf dem Teil. Ich kenne mich ein wenig mit PCs aus, vielleicht kann ich Ihnen behilflich sein.«

»Wissen Sie, wir führen hier gerade ein wichtiges Gespräch, ich bitte Sie …«

Buchmann bekam leuchtende Augen. »Oh, haben

Sie das neue iPad? Kann ich das mal sehen? Ich überlege, mir auch eines anzuschaffen, alle reden davon. – Man muss ja gut verdienen in Ihrem Job, wenn man sich das leisten kann, oder hat das die Firma zur Verfügung gestellt?«

»Ist von der Firma.«

»Oh, wo arbeiten Sie denn?« Der Hundebesitzer zog an einer Zigarette.

»In der Finanzberatungsbranche.«

»Das passt ja gut. Ich liebäugele mit einer Altersvorsorge, hätten Sie da was im Angebot?«

»Nun zeigen Sie doch schon das neue iPad.«

Die beiden Kerle von der Theke waren auch schon wieder da und rauchten. Buchmann sah ihn erwartungsvoll an, der andere, der Hundemann, auch. Langsam holte er das Gerät aus der Tasche. Der Hundemann zog es zu sich herüber, drückte auf den Power-Knopf. Buchmann rückte neben ihn, guckte fasziniert zu. Das Gerät summte. »Ah, es scheint zu funktionieren, wollen Sie Ihre letzte Sitzung wiederherstellen, fragt es? Ich sag mal ja, dann können Sie es noch abspeichern.«

»Nein, bitte …« Es war zu spät.

»Was ist das denn?« fragte Buchmann mit dumpfer Stimme.

»Pornos«, sagte der Hundemann angewidert. »Also wirklich! Für welche Firma arbeiten Sie?«

»Das ist ein Irrtum, ich bin nicht …«

Buchmann stand auf. »Mit so jemandem schließe ich keine Verträge ab. Ich werde mich beschweren.«

»Na, Ihr Gerät geht ja immerhin. Ich wünsche Ihnen noch viel Spaß damit.« Der Hundemann drückte seine Zigarette aus, nickte Buchmann zu und ging. Der zog seinen Mantel an. «Die Zeche zahlen ja wohl Sie.«

Die beiden Kerle packten ihre Handys ein, raunten sich etwas zu und verließen den Raum, um sich wieder an die Theke zu setzen.

Das war es dann wohl. Buchmann würde sich beschweren, das Fernsehen einen Bericht über ihn bringen, die Firma ihn rauswerfen, den Kredit sofort zurückhaben wollen. Heike würde ihn verlassen, sie wollte keinen Versager, das hatte sie oft genug gesagt, sie würde das Haus und das Auto behalten, das war alles auf ihren Namen eingetragen, eine Vorsichtsmaßnahme wegen der Kreditrückzahlungsforderungen. Er würde auf der Straße landen oder im Gefängnis. Es sei denn … Er zog sein iPad herüber, rief seinen Internet E-Mail-Service auf, bei dem er sich unter Pseudonym angemeldet hatte, um ungestört positive Kommentare zu Firmenprodukten abgeben zu können. Er begann zu schreiben. Doch halt, sicher konnte man auch so die Mail seinem Gerät zuordnen, heutzutage ging ja alles. Schnell löschte er Adresse, Betreff, die ersten Zeilen, schloss das Programm, schaltete das Gerät ab. Gerade noch rechtzeitig daran gedacht! Gut, dass er in alter Manier Papier dabei hatte. Und seinen Füllfederhalter. Damit bestand nicht die Gefahr, dass sich die Schrift durchdrücken konnte. Und wenn er mit links schrieb, würde kein Schriftgutachter jemals auf ihn kommen. Er würde nicht übertreiben mit seiner Forderung, gerade so viel, dass er sich absetzen konnte. Eine Finca auf Mallorca, das würde auch Heike gefallen. Und sollte sich die Firma weigern, dann würde er eben seine Drohung wahrmachen und der Presse alles erzählen. Alles. Und ihnen Unterlagen zukommen lassen, zum Beispiel die Aufzeichnungen der Seminare, wo man lernte, Vertrauen zu schaffen, die Gier der kleinen Leute zu wecken, auf kritische Fragen zu reagieren und etwaige Bedenken der Kunden zu zerstreuen, kurz: wie man die Leute nach Strich und Faden einseifte und ihnen windige Produkte für teures Geld verkaufte. Er besaß auch noch die Protokolle der Meetings, bei denen diejenigen von ihnen fertiggemacht worden waren, die zu wenig verkauft hatten. Dieses Material wäre der Presse sicher eine gute Stange Geld wert.

Fertig. Er schraubte den Füllfederhalter zu, wedelte mit der Hand über das Papier, damit die Tinte trocknete, lehnte sich zurück und atmete durch. Ein Bier hatte er sich noch verdient nach diesem vermurksten Tag. Wo war die Bedienung? Er schaute zur Tür, sah, wie die beiden Kerle sich von der Theke lösten, hereinkamen, auf ihn zuhielten. Was zum Teufel …?

Richard Birkefeld

Gaststätte: Plümecke (Oststadt)

»… du kommst, siehst und gehst vorüber.«

I.

Als ich zum ersten Mal das Plümecke betrat, so Mitte der siebziger Jahre, waren sie noch zu dritt: Hulda, Sophie und Irmchen. Drei alte Frauen, die seit Urzeiten in der Nachbarschaft wohnten und regelmäßig so gegen 17:15 Uhr die Kneipe betraten, um ihren Stammplatz in der hinteren Ecke der Theke, dort, wo ein paar Meter weiter damals noch die Flipperautomaten standen, aufzusuchen.

Hulda, etwas korpulent und extrovertiert, schien die rüstigste von ihnen zu sein, während Sophie von schlanker Gestalt war, sehr zerbrechlich wirkte und noch schweigsamer zu sein schien, als die kleine und zierliche Irmchen, die ihre blonde Perücke immer zu tief in die Stirn gezogen hatte und dadurch wie eine faltige Käthe-Kruse-Puppe aussah. Kam jemand mit den Frauen ins Gespräch, fand Irmchen immer Gelegenheit, ihren Lieblingsspruch anzubringen: Die Welt ist ein Schauplatz, du kommst, siehst und gehst vorüber.

Die drei Frauen waren oft die ältesten Gäste bei Plümecke, wurden aber vom jüngeren Publikum durchaus respektiert und honorig behandelt. Jedes Mitglied des Trios trank in der Zeit seines Kneipenaufenthaltes drei bis vier kleine Biere; Irmchen und Sophie verqualmten dazu eine Packung Zigaretten. Um spätestens 19:45 Uhr verabschiedeten sie sich von den Wirtsleuten, dem dicken Horst und Komme-gleich-Else, nickten noch einigen Bekannten im Thekenbereich zu und verließen die Kneipe, um, wie in der Gaststätte kolportiert wurde, irgendeine alberne Quizshow im Radio nicht zu versäumen.

Was die Frauen tatsächlich taten, hofften, glaubten oder worüber sie sich regelmäßig an der Theke unterhielten, konnte niemand sagen, selbst wenn die Wirtsleute oder das Thekenpersonal wohl hin und wieder einige Wortfetzen der Freundinnen aufgeschnappt haben mussten.

Die anderen Gäste der Kneipe dürfte der Gesprächsstoff der drei Frauen ohnehin nicht wirklich interessiert haben, waren sie doch zumeist in eitler Selbstbespiegelung damit beschäftigt, ihre eigenen Ansichten über Gott und die Welt zu thematisieren, ihre Standpunkte zur Tages- und Weltpolitik darzulegen, ihre akademischen Veröffentlichungen vorzustellen oder, konsensfähiger, über den Tabellenplatz von Hannover 96 zu debattieren, vorausgesetzt, der Verein spielte gerade mal wieder erstklassig.

Hulda, Sophie und Irmchen gehörten irgendwie geNauso zur Inneneinrichtung der Kneipe wie der Malermeister mit seiner farbenbekleckstentn Hose, der jeden Abend um 18 Uhr drei Korn kippte und wieder verschwand, wie der stumme Pit, der nicht einmal beim Betreten der Kneipe »Guten Abend« sagte und nur zum Flippern kam, wie der Oberlehrer Bernhard, der das Kneipensparen mit den vielen kleinen, in der Wand eingelassenen Münzsafes penibel verwaltete, wie Gero und seine Skatbrüder und all die anderen Kulturschaffenden und ambitionierten Landespolitiker, die damals in der hannoverschen und niedersächsischen Szene etwas bewegen wollten – oder wie der alte Ölschinken mit dem rotgesichtigen Trinker, der dem Betrachter mit einem Gläschen Schnaps zuprostete und ebenso lange an der Wand zu hängen schien wie die schlechte Reproduktion eines Caravaggios im hinteren Teil der Gaststätte.

Plümecke war halt Plümecke, mit der ewig gleichen Bestuhlung, demselben Anstrich, dem unveränderten Charme einer Bahnhofskneipe, ohne jegliche Musikberieselung und immer etwas zu hell beleuchtet, verqualmt und schlecht belüftet, doch mit der besten Curry-Wurst in der Stadt, leckeren Frikadellen und Bratkartoffeln wie bei Muttern, mit humanen Bierpreisen und geliebt von einem linksliberalen Publikum, das seit den späten Sechzigerjahren die Kneipe frequentierte und ihr jahrzehntelang die Treue hielt. Genauso wie Hulda, Sophie und Irmchen – was auch immer sie untereinander oder mit Plümecke verbinden mochte.

Aber im Laufe der Jahre geschah das, was nicht zu vermeiden war: Der Tod forderte seinen Tribut. Zuerst blieb die dicke Hulda dem Treffen fern, dann fehlte eines Tages auch Sophie, bis Irmchen ab Mitte der achtziger Jahre noch die Einzige war, die jeden Tag pünktlich mit ihrem schiefen Fiffi die Kneipe betrat. Zwar wurde sie von vielen Gästen mit aufmunternden Worten begrüßt, doch danach hockte sie stets einsam auf ihrem Stammplatz, trank ihr Bier, qualmte Zigaretten, ließ auch schon mal das Wasser unter sich und stokelte kurz vor 20 Uhr wieder nach Hause.

Eines Abends, als Irmchen sich gerade wieder einmal vom dicken Horst verabschiedet hatte, erzählte mir einer meiner Bekannten an unserem Stammtisch, gleich links hinter der Eingangstür, dass er sich im Zuge eines Studienprojektes am Historischen Seminar über Traditionskneipen in Hannover mit der langjährigen Geschichte des Plümecke befasst und unter anderem auch ein interessantes Interview mit Irmchen geführt habe. Die habe viel zu berichten gewusst, über das Lister und Vahrenwalder Kiezleben in der Zeit der zwanziger, dreißiger und vierziger Jahre, speziell aber über das Plümecke jener Tage. Und sie habe ihm eine erstaunliche Geschichte erzählt. Über Hulda, Sophie und sich selbst …

II.

Zu Beginn der dreißiger Jahre hatte sich die einst kommode Stadtteilkneipe Plümecke zum Stammlokal der SA-Leute aus List, Vahrenwald und Teilen der Oststadt entwickelt. Die nahe Bushaltestelle hieß nun bei den Fahrern, die die Stopps ausriefen, nicht mehr Vossstraße/Bonifatiusplatz, sondern Bei Nazi-Paul.

Die SAler, die sich nun dort regelmäßig trafen, kannten sich zumeist aus den Stadtteilen, waren als Jugendliche in dieselben Schulen gegangen oder malochten, wenn sie überhaupt Arbeit hatten, bei Conti an der Vahrenwalder, Bahlsen am Lister Platz, in der Schmirgel-Fabrik und bei Bode-Panzer in Hainholz oder bei Hackethal und Wohlenberg draußen im heutigen Brink-Hafen. Mochten sie in den jeweiligen Fabriken auch zu einer rechten Minderheit gehören – die meisten ihrer Kollegen waren Sozis oder Kommunisten, im Reichsbanner oder im Rotfrontkämpferbund organisiert – im Plümecke waren sie in der Mehrheit. So war die Kneipe nahezu täglich ab 1930 mit braun uniformierten Gästen oder normal bekleideten Symphatisanten gefüllt, die der kommenden Machterschleichung mit rechten Kampfliedern entgegengrölten.

Diese rechtskameradschaftliche Bierseligkeit wurde aber nun häufig vom politischen Gegner gestört. Es reichte nicht aus, dass der immer stärker radikalisierte ideologische Kampf bereits seit dem Ende der zwanziger Jahre auf Hannovers Straßen mit brutalster Gewalt ausgetragen wurde – die Linken zahlten dabei einen höheren Blutzoll –, sondern man drang auch regelmäßig in die jeweiligen Versammlungsräume, zumeist Wirtshäuser, Kneipen oder Vortragssäle ein, um in Massenschlägereien die politischen Differenzen auf brutale Weise auszutragen. Die Polizei, auf dem rechten Auge blind, haute dazwischen, was der Gummiknüppel hergab, die Justiz verurteilte schnell und hart, besonders jene, die aus ihrem konservativen oder deutschnationalen Blickwinkel das falsche Parteibuch besaßen.

Diese politischen Zusammenstöße fanden auch zwischen dem Vahrenwalder und dem Lister, wie rund um den Moltke-, Bonifatius- und Welfenplatz statt. Doch es gab noch gewisse ethische Grenzen; Regeln des Kiezes gewissermaßen, die es verboten, Kollegen, Nachbarn oder ehemalige Schulfreunde zu Tode zu prügeln, egal wie groß sich der Hass auf Andersdenkende in den letzten Tagen der Republik auch hochgeschaukelt haben mochte.

Nach Irmchens Erzählungen verhielt es sich mit den drei Frauen in der beschriebenen politischen Gemengelage nun folgendermaßen:

Seit ihrer gemeinsamen Schulzeit waren Sophie, Hulda und Irmchen unerschütterliche Freundinnen, die es auch Jahre später verstanden, ihre Verlobten bzw. Ehemänner in den gemeinsamen Freundeskreis mit einzubeziehen, so anstrengend und konfliktreich das auch wegen der sich immer stärker herauskristallisierenden Weltauffassungen der drei so unterschiedlich denkenden Gatten war.

Sophie und ihr Angetrauter, Sorel S., waren Juden und besaßen ein kleines Antiquariat in einem Haus an der Alten Celler Heerstraße, in dem sie auch wohnten. Sorel war ein Freigeist, der jede Art von Ideologie hasste und alle Menschen nach ihrer Fasson selig werden lassen wollte.

Huldas Mann, Erich, arbeitete bei Wohlenberg in der Gießerei und war sowohl Mitglied in der NSDAP wie auch Truppführer in der SA-Oststadt-List. Das Ehepaar wohnte in der Jakobistraße, und Plümecke war ihr Stammlokal.

Irmchens Ehemann Gerhard, ein Maschinenschlosser, verdiente seine Brötchen in derselben Firma. Doch Gerhard war Gewerkschaftsmitglied, dazu in der SPD und im Betriebsrat des Drehmaschinenherstellers aktiv. Irmchen und ihr Mann lebten in der Voss-/Ecke Robertstraße, und auch ihre Lieblingskneipe war das Plümecke, bis der rechte Mob dort die Oberhand gewann und man nur noch Lokale mit Reichsbannerpublikum aufsuchte.

Bestimmten Mitte der zwanziger Jahre noch engagierte Debatten die gemeinsamen Abende der befreundeten Pärchen bzw. Ehepaare, so eskalierten in den folgenden Jahren die Diskussionen immer mehr, bis die Männer schließlich den Freundschaftstreffen fern blieben und einander aus dem Weg gingen.

Aber Irmchens Mann, Gerhard, genannt Schorse, war ein Heißsporn und oft auf Krawall gebürstet. Er konnte nicht verstehen, dass es manche seiner Kollegen zu den Nazis zog, glaubte er doch, die Arbeiterschaft müsse geschlossen gegen Hitler und die NSDAP stehen. Die proletarische Rechte war für ihn nicht nur ein historischer Widerspruch, sondern auch ein regelrechtes körperliches Gräuel. Noch mehr ärgerte er sich darüber, dass ihn die »braune Brut«, wie er es stets formulierte, aus seiner Stammkneipe vertrieben hatte und er nun in den dunklen und seelenlosen Vahrenwalder Kaschemmen, wenn auch mit den Genossen, sein geliebtes Lindener trinken musste.

Da Schorse aber auch Mumm in den Knochen hatte, ließ er es sich nicht nehmen, mit seinem Kumpel,

Kollegen und Bufferfreund, Willi E., genannt Ramme, mindestens einmal in vierzehn Tagen bei den Braunhemden im Plümecke aufzutauchen, um dort furchtlos herumzustänkern und die SAler mit roten Parolen bis aufs Blut zu reizen.

Schorse und Ramme standen dann an der Theke, wurden vom Wirt Nazi-Paul natürlich nicht bedient, verlangten dennoch nach Bier und bezeichneten die Braunhemden, unter denen viele Kollegen aus den obengenannten Fabriken waren, als Arbeiterverräter, ja, als Kollegenschweine, die auf Hitler und damit auf Kapitalismus, Militarismus und Krieg setzten. Ramme, der sich weniger politisch äußerte, unterstützte Schorses verbale Angriffe stets mit Sätzen wie: »Wer das nicht verstanden hat, dem kann ich das gleich mal einbläuen«, oder »Kommt mit nach draußen, dann zeig ich euch mal meine Argumente.« Oder er skandierte kurz und bündig: »Haut'se, haut'se immer auf die Schnauze!«

Der auch anwesende Truppführer Erich W., Huldas Mann, versuchte zwar seine Kameraden zurückzuhalten oder ermahnte sie, sich nicht provozieren zu lassen, doch meistens endeten Schorses und Rammes Besuche in einer handfesten Schlägerei, die bereits an der Theke mit dem Einsatz von Nazi-Pauls Gummiknüppel begann und vor der Tür auf der Vossstraße endete, manchmal sogar von der Schupo aufgerieben, die, durch besorgte Nachbarn alarmiert, von der nahe gelegenen Dienststelle herbeigeeilt war.

Kurz vor ’33 eskalierten die Auseinandersetzungen in den Lister und Vahrenwalder Straßen immer mehr. Und dann geschah, was geschehen musste: Einer von Schorses Kollegen wurde bei einem SA-Aufmarsch, den er und einige seiner Genossen stören wollten, von den Braunhemden in der Derflinger Straße totgeschlagen. Keiner der Anwohner wollte jedoch etwas gesehen oder gehört haben und niemand wurde von der Justiz angeklagt.

Schorse, voller Entrüstung und aufkeimender Wut, suchte zusammen mit Ramme das Gespräch mit seinem Wohlenberger Kollegen Erich, weil man davon ausging, dass dieser beschwichtigend auf seine Kameraden einwirken könnte. Sie trafen sich am Bonni unter sechs Augen. Schorse appellierte an Erich, Dampf aus dem Kessel zu lassen, da es doch wohl, trotz unterschiedlicher Weltanschauungen, nicht angehen könnte, dass gemeinsame Wohlenberger Kollegen einfach so wie tolle Hunde vom politischen Gegner totgeschlagen wurden. Bei Erich, der zwar ein Nazi, aber kein völlig gewissenloser Halunke war, lief Schorse eine angelehnte Tür ein. Aber bevor sich das Gespräch weiterentwickeln konnte, wurden sie von einer Rotte SAler überrascht, die ihren Truppführer durch die kiezbekannten Schläger Schorse und Ramme bedroht sahen und sofort zuschlugen, bevor Erich Einhalt gebieten konnte.

So wurde Ramme an einem lauen Herbstabend 1932 auf dem Bonifatiusplatz totgeprügelt. Danach waren die Täter geflüchtet, auch Erich, der sich an der Gewalttat nicht beteiligt hatte. Schorse wurde schwer verletzt von Passanten gefunden und ins Nordstadtkrankenhaus eingeliefert

Ein paar Monate später waren die Nazis an der Macht und der Totschlag an Ramme schien niemanden mehr zu interessieren. Erich schämte sich, weil er seine Kameraden nicht angezeigt, sondern seine Schnauze gehalten hatte, nahm sich aber bereits damals vor, sein Unrecht wiedergutzumachen.

Schorse wurde nur wenige Tage nach seinem mehrwöchigen Krankenhausaufenthalt von den Nazis wegen seiner Rolle als Betriebsrat und SPD-Funktionär verhaftet und nach Börgermoor transportiert. Als er nach zwei Jahren entlassen wurde, war er ein gebrochener Mann, der allen Schneid eingebüßt hatte. Eines Tages fand ihn Irmchen tot auf dem Trockenboden, erhängt an einem Dachbalken.

Hulda und Erich kümmerten sich nun rührend um Irmchen. Doch sie sorgten sich auch zunehmend um die Zukunft von Sophie und Sorel. In der so genannten »Reichskristallnacht« brannte auch in Hannover die Synagoge und es zeichnete sich allenthalben ab, dass die Juden mit dem Schlimmsten zu rechnen hatten.

Wenige Monate später begannen reichsweit die ersten Verhaftungen und Deportationen. Erich überredete Sophie und ihren Mann, unterzutauchen und sich bei Irmchen in der Wohnung zu verstecken. Irmchen, Hulda und Erich versorgten das jüdische Paar mit Lebensmitteln und es war ihr Verdienst, dass die beiden den Holocaust überlebten. Auch in den folgenden Kriegsjahren gelang es ihnen, Sophie und Sorel mit gefälschten Lebensmittelkarten und ähnlichen Tricks über Wasser zu halten. Nur einmal, so soll Irmchen meinem Historikerfreund erzählt haben, sei Sorel in den sechs Jahren seines Versrecktseins durchgedreht. Er wollte unbedingt wieder einmal unter Menschen sein. Da ging Erich mit seiner Frau Irmchen und dem jüdischen Ehepaar kurzerhand ins Plümecke zu seinen Parteifreunden, und alle hätten unter dem Porträt Hitlers, das genau dort hing, wo heute der rotnasige Trinker sein Glas erhebt, einen gebechert wie in den guten alten Zeiten, bevor die Braunen das Lokal für sich erobert hatten.

Irmchen beteuerte, dass sie damals unglaubliche Angst gehabt habe, sich aber auch der durchaus humorigen Absurdität der Situation nicht habe entziehen können: Zwei vom nationalistischen Staat verfolgte Juden sitzen unter Hitlers Foto in einem SA-Sturmlokal, von Nazi-Paul aufs Zuvorkommendste bedient, und kippen sich in den Kriegsjahren einen hinter die Binde, ohne auch nur den geringsten Verdacht zu erregen. Oder, wie Irmchen im besagten Interview vermutete, einfach nur unter dem Schutzschirm des Kiezes gestanden zu haben.

Wie dem auch sei, Erich, der bei Wohlenberg u. k., also unabkömmlich, gestellt war, wurde Ende 1944 doch noch zum Volkssturm eingezogen. Er starb bei einem der letzten Bombenangriffe auf die Kasernen am Welfenplatz im März 1945.

Sophie und Sorel überlebten die Nazidiktatur und versuchten, wieder ins Buchgeschäft einzusteigen. Doch zum Lesen hatte in den Nachkriegsjahren und der Zeit des Wiederaufbaus kaum noch jemand Muße, und es gelang ihnen nicht, an alte geschäftliche Erfolge anzuknüpfen. Sorel verstarb Anfang der sechziger Jahre im Alter von nur siebenundfünfzig Jahren, wie Irmchen es formuliert hatte, an Hoffnungslosigkeit.

Nach Sorels Beerdigung beschlossen Hulda und Sophie, gemeinsam in Irmchens großzügig geschnittene Wohnung, die die Bombenangriffe unbeschadet überstanden hatte, zu ziehen, um die Zukunft als Trio zu meistern.

Seit dieser Zeit frequentierten sie wieder regelmäßig das nur wenige Meter von ihrer Haustür entfernte Plümecke, die zentrale Anlaufstelle ihres Lebens, um jene schicksalhaften Jahre in Erinnerung zu behalten, die ihrer Gemeinschaft so viel Angst und Leid aufgebürdet, ihre tiefe und bedingungslose Freundschaft aber felsenfest untermauert hatten.

III.

Und dann kam jener denkwürdige Abend, der ein weiteres Kapitel im Buch der Geschichte beenden sollte.

Ich weiß es noch wie heute. Es war ein Sonntag im Sommer 1986, als meine damaligen Freunde und ich uns im Plümecke trafen, um das Ergebnis der Landtagswahl in Niedersachsen zu diskutieren. Die SPD unter Gerhard Schröder hatte zwar die absolute Mehrheit der CDU gebrochen, doch mit Hilfe der FDP blieb Ernst Albrecht niedersächsischer Ministerpräsident.

Am späten Abend betrat Schröder mit Hillu, ihren Kindern und seiner Entourage die Kneipe, um die Niederlage bei einer Currywurst und einem Herri erträglicher zu machen. Mit dabei waren die ZDF-Journalisten Klaus Bresser und Wolfgang Herles, die an der Theke die Gelegenheit nutzten, Schröder über seine weiteren Zukunftspläne zu befragen.

Während Hillu und ihre Kinder die Flipperautomaten malträtierten, stand Schröder mit einem Glas Bier in der Hand Rede und Antwort, umringt von Parteifreunden und Plümeckegästen. Manche hingen gebannt an seinen Lippen, andere frotzelten lautstark herum, kritisierten seine unentschiedene Haltung zu Gorleben oder seine unternehmerfreundlichen Äußerungen zur Wirtschaftspolitik, wieder andere erinnerten ihn an seine Zeit als Jusovorsitzender, als er mit linken Positionen innerhalb der SPD auf sich aufmerksam zu machen wusste, und von denen er sich wohl im Laufe seiner Karriere verabschiedet hatte.

Doch Schröder ließ sich nicht aus der Ruhe bringen, musste sogar über einige böse Scherze mitlachen, die sich auf sein Rütteln am Zaun des Bonner Kanzleramtes bezogen, als er als noch junges Parteimitglied nach einer durchzechten Nacht dort gestanden und gerufen haben soll, dass er da hinein wolle. Wie sollte er jemals Kanzler werden, wenn er noch nicht einmal Ministerpräsident werden könnte? Schließlich war er doch von einigen Zwischenrufern genervt und zog sich mit Bresser in den hinteren Teil der Kneipe zurück. Dort nahmen sie den großen runden Stammtisch in Beschlag, bestellten ihre Currywürste und widmeten sich, diesmal ungestört, ihren weiteren Gesprächen.

Spät in der Nacht verließen Schröder und sein Gefolge die Kneipe und Plümeckes harter Kern der Gäste war wieder unter sich. Als das Thema Gerd und die SPD und die Landtagswahl sich langsam dem Ende zuneigte, die vormalige Eloquenz meiner Freunde abklang, die letzten Bestellungen aufgegeben wurden, stellte plötzlich einer der noch Anwesenden völlig zusammenhangslos fest, dass er Irmchen heute noch gar nicht gesehen habe.

Da war es mit einem Mal ganz still in der Kneipe.

Der dicke Horst unterbrach sein Gläserputzen, warf sich das Geschirrtuch über die Schulter und stützte sich mit beiden Händen auf dem Schanktisch ab. Er, Else und die anderen Gäste tauschten stumme Blicke, bis jemand das nachdenkliche Schweigen mit Irmchens Lieblingszitat unterbrach. »… du kommst, siehst und gehst vorüber.«

Die Autoren

Richard Birkefeld, gebürtiger Hannoveraner, überzeugter Kneipengänger, trug zeit seines diskutierfreudigen Lebens den größten Teil des Ersparten ins Plümecke und investierte groß in Sachen Weizenbier. Die Rendite trägt er als Schmuckgeld (heute Hüftgold) stets bei sich. Ansonsten ist er als selbstständiger Historiker, Autor und Herausgeber in seiner geliebten Heimatstadt tätig.

Bodo Dringenberg lebt in Hannover und veröffentlicht Texte für den Druck, Rundfunk und mündlichen Vortrag. Seit ein paar Jahren schreibt er sowohl kurze als auch romanhafte Krimis, zuletzt »Die Gruft im Wilhelmstein« (zu Klampen Verlag). Er wird nicht müde, das gesellige Trinken zu preisen, das ihm am meisten mit frischem Pils behagt.

Karola Hagemann, aufgewachsen, studiert und promoviert in Hannover, ist eigentlich bekannt für Römerkrimis und -kurzgeschichten, für das Fiasko wechselte sie jedoch gerne einmal in die Gegenwart. Sie gilt (zumindest in Linden) als die Erfinderin des ›Wasserbieres‹ und genießt diese erfrischende Mischung aus Bier und

Mineralwasser am liebsten im Sommer im Biergarten des Fiasko.

Cornelia Kuhnert, überzeugte Hannoveranerin, mordet schreibend im niedersächsischen Kleinstadtmilieu. Zuletzt in »Tödliche Offenbarung« (zu Klampen). Sie organisiert das Krimifest Hannover und trinkt nach getaner Arbeit gerne ein Glas Lagavulin mit einer Pipette Wasser. In Zukunft wird sie bei Stromausfall auf der Hut sein. Egal wo.
www.corneliakuhnert.de

Susanne Mischke veröffentlicht seit zwanzig Jahren Kriminalromane, Jugendthriller und Kurzgeschichten. Mit dem Roman »Der Tote vom Maschsee« begann ihre Hannover-Krimiserie um Kommissar Bodo Völxen und seine Schafe. Die Autorin ist einem gepflegten Gin-Tonic in ebensolcher Atmosphäre niemals abgeneigt.
www.susannemischke.de

Christian Oehlschläger, geboren in Hannover im denkwürdigen Jahr 1954, als 96 zum letzten Mal Deutscher Meister wurde, schreibt seit dreißig Jahren Kurzgeschichten und Kriminalromane (»Der Schwanenhals« u. a.). Seinem fünfjährigen Aufenthalt in Mittelamerika ist es geschuldet, dass der Förster aus Großburgwedel exotischen Kneipen, karibischem Rum und Latino-Musik zugetan ist.
www.ch-oehlschlaeger.de

Egbert Osterwald begründete vor fast zwanzig Jahren das Genre der Hannover-Krimis und hat seitdem zahlreiche Romane und Erzählungen veröffentlicht. Seine Trinkgewohnheiten passen sich der Umgebung an: Beim Segeln bevorzugt er eher Bier aus renommierten Braukellern Nord- und Süddeutschlands, zu Hause darf es aber auch mal zu gegebenem Anlass ein Haut Marbuzet älteren Jahrgangs sein. Stammkneipe ist Salz & Pfeffer in Ricklingen.